令和の力、万葉集の力

中西　進

研究社

装幀　岡　孝治＋森　繭

目次

はじめに

平成の陛下が一年ほど前に退位を示唆されてあれよあれよという間に改元が実現し、来る十月には即位の儀も行われることになった。

「日本国憲法」を読んだことのある人なら、これほどに天皇陛下が主導権を握って時代を動かすことができるとは、誰一人思わなかったのではないか。

わたしには、みごとな新時代の誕生と思える。しかもそれは国政の変更ではない。国政より更に重い大事な文化の様式の、変革であることに、わたしは驚いたのである。

変革が就中、顕著に現れるのが元号だと思う。とにかく元号なるものは一区切りごとの呼び名だから、メートルの上にグラムを加算できないように、元号を重ねていくら数えても役に立たない。あれは元禄のころだったとか、元和の時代だったとかという特徴づけにすぎないから、わたしは元号こそ、文化装置として役立つと思っている。

しかも本来は一世一元ではないから天皇制賛美の一つだなどといわれても、ぴんと来ない。

所詮一人ひとりで生きている人間の、心の襞《ひだ》を作るようなものが元号ではないか。

そんなことを考えて令和の時代を迎え、わたしは求められるままに、改元にともなう事柄を話し、記してきた。

ただ、それにつけても昔から天皇の役割を考えてきたことが、いま改めて重要なことだと気づいて、短歌研究社がそれを旧著から取り出してくれて、新しい改元の課題との関係をみごとに指摘してくれたことが、うれしかった。

その上でもなお必要な事柄の書き下ろしを加えてもらって、出版のおさそいに応じることとした。

読者諸賢も、こうした総体が、天皇を文化リーダーとする日本の姿だということを、ぜひ知ってほしい。だから、たとえば十七条の憲法と同じパターンで出来た現憲法をマッカーサーが案出したとは、考えられるだろうか。

わたしはこんにゃくが嫌いだが、イデオロギーはもっと嫌いだ。自由な立場で生きる令和人として、誇り高く母国を見つめてほしいと思う。

令和の秋、深まるころ

著　者

第一章　『万葉集』と令和

梅花《うめのはな》の歌三十二首　并せて序

天平二年正月十三日に、帥《そち》の老《おきな》の宅《いへ》に萃《あつ》まりて、宴会を申《ひら》く。時に、初春《しよしゆん》の令月《れいげつ》にして、気淑《よ》く風和《やはら》ぎ、梅は鏡前《きやうぜん》の粉《こ》を披《ひら》き、蘭《らん》は珮後《はいご》の香《かう》を薫《かをら》す。加之《しかのみにあらず》、曙《あけぼの》の嶺に雲移り、松は羅《うすもの》を掛けて蓋《きぬがさ》を傾け、夕の岫《くき》に霧結び、鳥は縠《うすもの》に封《こ》めらえて林に迷《まと》ふ。庭には新蝶《しんてふ》舞ひ、空には故雁《こがん》帰る。ここに天を蓋《きぬがさ》とし、地を座《しきゐ》とし、膝を促《ちかづ》け觴《さかづき》を飛ばす。言《こと》を一室の裏《うち》に忘れ、衿《えり》を煙霞の外《そと》に開く。淡然《たんぜん》と自《みづか》ら放《ほしきまま》にし、快然と自《みづか》ら足る。若し翰苑《かんゑん》にあらずは、何を以《も》ちてか情《こころ》を攄《の》べむ。詩に落梅の篇を紀《しる》す。古《いにしへ》と今《いま》とそれ何そ異《こと》ならむ。宜《よろ》しく園の梅を賦《ふ》して聊《いささ》かに短詠を成すべし。

『万葉集』（巻第五）より

一、元号とは、文化であり、倫理である。

今日は、三つのお話をいたします。最初は、元号についてです。元号というものはどういうものなのか。

元号というのは、わたしたちが二〇〇〇何年というように使っているキリスト教の起源から数えた年号とは違います。西暦は、キリストの誕生から年数を数えて、二〇一九年、二〇二〇年と続いていくものです。年数を確実に計算的に無機質に区切って、一年、一年と続いていきます。

しかし、元号は、統治の出発からの年数を数えるものです。いまの日本では「一世一元」となっていて、一人の天皇のもとに一つの元号を使っています。年号をいくら数えても、天皇の代が変われば足し算ができなくなります。これは年数を数える上では非常に不便なものでして、わたしのように平成以前の年代の者は――わたしの年は不明でありますけれども（笑）、通算できません。

ですから、あえて言うなれば、元号とは、ある時代に対するおしゃれのようなもの、美的に感覚を楽しむようなものであろうと思います。

これでは明らかに役に立たない。役に立たないもののことを文化と言うとわたしは思っております。要するに、元号とは、文化の一つではないかと思うのです。

そのおしゃれ、あるいは文化である元号をどう決めるかというと、従来は、中国の「聖典」の中の言葉を使ってきました。それを合い言葉のようにして、これから始まる天子の治める年代の何年目になるかということを考える。それはつまり、ある王が立つ時、その未来にどのような祈りを込めて数えていくかという理想を込めた言葉でもあります。したがって、これは大変厳粛なおしゃれでありますので、そのへんに転がっているような言葉ではない、きちんとした「聖典」の中にあるものを使おうではないかと。そうして元号というものが中国ではじまったのだと思います。

中国は大変大きな領土を持った国です。一時期にはスカンジナビア半島まで中国の領土になった時代があったほどで、いわゆる属国がたくさんできました。漢民族そのものは非常に少数の民族ですが、多くの民族を支配下に置いた時代がずっと続きました。そういう国ぐには中国を尊んで、そのまねをして元号をつけることをしました。今年の四月までわたしたちが唱えておりました「平成」も、そのうちの一つです。

ただ、そう続いていきますと、元号には、パターンができてきます。中国の「聖典」とされているものはみな儒教のテキストでありますので、儒教精神の込められた立派な書物から紡ぎ出された言葉を、天子の理想として政治を行っていくということになります。

ところが、今の日本は中国の属国ではなく、現在のように独立した国と国とのやりとりとして中国と接するようになると、中国の称している元号のパターンをその国にあてはめて使うことが、だんだん意味をなくしてきたように思えます。

たしかに、あらゆる人びとの上に、中国の儒教の教えだけが唯一の正統な、崇高な合い言葉だということになると、これはどうでしょうか。西暦統治のほうが便利だということにもなって、国ぐにが元号をやめていき、ついに日本にしか残っていないということは、皆さんご承知のとおりのことです。

そもそも中国自体でも儒教は一つの教えにすぎません。反対には老荘思想もあります。あるいは道教という限りなく民間信仰に基づいた考え方もあります。そして古代の日本人は神仙思想で祖先をとらえ、神仙の一人として神武天皇、綏靖《すいぜい》天皇という人たちを考えるという思想がありました。世界には、キリスト教もあり、ユダヤ教もあり、イスラム教もあります。そういうものの中で中国の儒教の教えが、唯一のわれわれの教えのスローガンとして掲げられていくということは、無理があるのではないかと思います。

そこで儒教以外のものから日本のスローガンを選ぼうではないかということが、いつ、だれが言ったということもなく、広がってきました。今の総理大臣は特に熱心でありますが、しかしながら儒教の経典から取ろうということを、首相の個人的な考えとしてわたしたちは了解しているわけではありません。

もっと基本的な、人間はどのように生きたらいいのか、日本人は日本人としてどのように生きたらいいのか、天皇に対してどのような希望を持つのか、政治に対してどのような夢を描くのかということが根本にあるのです。一人の宰相の思想というものではなく、現代の国民のそれぞれの希望として、それぞれの国がある理想を掲げるのが正しいことではないかと、わたしは思います。

時代の希望や理想は、韓国は韓国であり、ベトナムもベトナムでありましょう。これら諸国は元号をやめてしまいましたが、幸いなことに日本だけは、その政治に期待して、その時代を特別な言葉で呼ぼうという習慣を続けております。

しかしそれは、最初に申しましたように文化装置の一つ、文化の仕掛けの一つです。後世への強制力もない、あるいは、国民にこれを覚えておきなさいといったものでもありません。

たとえば、『源氏物語』は、冒頭、「いづれの御時にか……」と始まります。「えーと、あの元号は何でしたかしら」という、そこから始まるんですね。時代がずっと下り、『奥の細道』では、「月日は百代の過客にして」という序文につづく旅立ちの章で、「ことし元禄二年にや」と書かれています。「ふたとせにや」ということですから、あの大俳人・松尾芭蕉が、ことしが元禄二年であったか三年であったかわからないというわけです。

「えーとどの天皇の時代でしたか」「政治的には元禄何年と言うんでしたっけ」と、あえて権威に直接に対しない、心の豊かさ、ゆとりのある素振りをするところから、始めるのですね。まさにこうしたことが、元号が文化的な装置だということにつながります。

こう考えていきますと、元号の考え方は、一つに決まったものではなく、それぞれの国の特性を見つつ考えるべきだといえるのではないでしょうか。

たとえば、アジアという地域を考えても、一つに括ることはできません。わたしは少なくともアジアには三つのブロックがあると思ってきました。中国が中心にあり、その南にはインド、あるいはインドシナと呼ばれた地帯があります。こちらには、日本があります。インドと中国と日本と、三つはそれぞれ違った地帯であり、その中でそれぞれの風土を楽しみながら生活していると思います。

そこで、インドは大変な情熱の国で、パトスの国だと言うことができるかもしれません。

中国は言語の国、ロゴスの国です。古い孔子の教えは『論語』に書いてありますが、「論」と「語」、ともに言偏がつきます。中国は言葉の国なのです。彼らが最高の価値をおくものは「善」であります。「善」の字の上のところは美という字です。下に書いてある七画は「言」です。だから「美しい言葉」というのが「善」なんですね。いいことをしろと言われたら美しい言葉を使っていればよろしいと。まさに、ロゴスの国です。

それに対して日本はどうか、わたしは、エトスの国と言えるのではないかと思っています。島国ですので、民族性、風土性を持って、しっかりと民族の風土に根差した考えをする。パトスとロゴスとエトス。三つの国には、そういう違いがあると思います。これを一概に括ることは甚だ困難で、大変に無理があります。

二、儒教ではなく、和歌の精神の言葉から

こうした地域の中で元号は、それぞれの国の、時代に対する希望を高く掲げてその中で生きていく、一つの倫理コードとして考えるのがよいと思うのです。たとえば「大正」とは、天の道が「大いに亨《とお》りて正しい」とする『易経』にもとづく倫理コードの中に大正天皇の時代はあったということです。

そういう文化装置をそれぞれの国が使っていたのですが、今は日本だけのものとなってしまいました。わたしはそれを美しい習慣と思っております。

ここで不思議に思えてきますのは、漢字二字で書くということです。中国の習慣としては当然そうなのです。中国では、一対、ペアという考え方が、普遍的に生活の細部にまで浸透しています。この講演でいまわたしが立っている演壇を例に挙げますと、いまわたしの左手に、花を飾ってくださっている。右のほうには、なにもありません。中国ではこの様子をみたら、もどかしくてしようがなくなるでしょう。

左手にあるなら、もう一つ右手にも花がないと、中国の人たちは安心できないのです。

あえて言えば、演台に花が一つというのは、中国とは違ってきた、日本的な美意識の変容の一例でもあるのですね。

そういうこと一つ取り上げましても、漢字二字である元号が、いかにも中国風の、一対の美しさを持っているか、歴然としています。そういうものを元号として使っていくと、中国風にならざるをえないということが一つの手かせ、足かせとしてあろうかと思います。

われわれは、中国語の文字を元に背負いながら、日本の文字を作りました。仮名と呼ばれるものであります。平仮名は、草体から作られ、片仮名はお経を読むときの符号から生まれました。平仮名、片仮名という二つの仮名、日本の文字を作り、それで順順に日本の文化が言葉になってきました。

自分たちの文字を作ったのは、日本だけではありません。たとえば西夏文字がありります。それは漢字を変形させたり、装飾したりして自分たちの漢字、文字としたたものです。それに対し、日本は逆に捨てていって新しい文字を作りました。楷書とか隷書とか篆書というものをほとんど捨てて、片仮名、平仮名に簡素化した。そこに日本の美学があります。

のみならず、その仮名をもって、大きな詩のジャンルを作りました。それが、やまとの歌、和歌と申します。

人間にとって、一番美しい言語は、ポエムの言語だとわたしは信じております。日本においては、平仮名によって書き表わされた和歌という形式こそが、美しい言語を紡ぎ出す基本になっていると思います。

元号が漢字二字であることは決まっているにせよ、和歌の精神を生かした形で、一つの倫理コードたる日本の元号というものが考えられなければいけないという気がいたします。それが、本日の一つめの話でございます。

三、「麗しい月」「風の和かさ」を愛すること

次に、「令和」という元号を例としてお話ししたいと思います。これは『万葉集』の巻五の一節を基にしたものです。大伴旅人という人が梅の花を見る宴会を催し、三十二人が集まって和歌を作ったというのです。

三十二人の歌の前に、漢文の序をつけているのですが、その序には、いまは天平二年の正月十三日であり、初春の令月、麗しい月という意味での「令月」です。そのときに空気が淑《しと》やかで、風が和《やわら》かであるといいます。「気淑風和」と書いています。それがもとになって、「令」と「和」という元号ができ上がります。

ひょっとすると、それをお聞きになったときに何か変な気がしたかもしれません。梅花の宴を開いて歌を作るという序文の、それも初めのところで、こういうときだったんですよということを言っている箇所です。その次の段階に入ると、梅の花は

よく咲いて、香りもかぐわしい、これから歓を尽くして歌を作ると書いてあります。手紙でいえば、「拝啓」の次に、「近ごろ薫風がさわやかに吹いて、よい季節になりました」という、季節の挨拶を書きます。そのようなところがもとになっているのです。なんだこれは、元号としてはおかしなところの一節ではないかというふうに思った方もたくさんいらっしゃるのではないかと思います。

ところでわたしは、そういう人たちを敵視してこの話をしているわけではありません。令和という元号を誰が考えたか、ということは別の問題であります。それはひとつご了解いただきたいと思うのであります。

本題に戻りましょう。そのように考えると、なにかここは半端なところをとっているのではないかという気が皆さんにあったのではないかという気がいたします。しかしそうではありません。われわれが挨拶をする時、今がどういう時候であるかということを述べること自体が非常に大事なことなのです。

わたしは、中国に一年間いたことがございます。朝、学生たちが自転車で行き来をして、すれ違う時に挨拶をします。われわれだったらおはようとかごきげんようと言うところを、彼らは、「チーラマ」――「(ご飯)もう食べた?」と言うんです。

それを聞いて、わたしは、彼らは食べることがこんなに大事なことなのかと考えました。貧困のなかで飢えていて、ちゃんと食べられたか食べられないかを聞いているのではなく、「食べた?」という。当然のように「食を楽しんでいるね」ということが挨拶になっているのです。

そういうところでわれわれは、「いい気候になりましたね」というようなことを言うのですね。

わたしは今朝、新幹線でまいりましたけれど、富山の本当にきれいな初夏の風景が広がっておりました。美しいと思いました。こういうのが日本の風土なんだなあと思いました。

挨拶というものは、生きている人間同士が出会ったときに何を尋ね合うかということです。そのときの言葉に集約されるのは生き方の一つの契約ともいえるもので、それが「食べた?」となったり、「いい天気だね」ということになる。ですから、初春の令月に、風がこうだったということも、けっして中途半端な文脈のなかのものではない、非常に大事なところだというふうにわたしは考えます。

四、梅花力が季節を動かす、日本人の「哲学」

さて、日本人と自然ということを、更に更に突き詰めていきますと、日本人にとって自然というものは哲学なのではないかという考えに至ります。

鎌倉時代のはじめに、道元という、曹洞宗を開いた禅僧がいました。いまの福井県の永平寺に長く住んで、京都と行き来して生活しながら、彼の思想を書き綴った『正法眼蔵』という文章があります。非常に難解で、わたしも長いこと敬遠していたのでありますけれども、いつまでも敬遠していてはいけないと思って以前読み始めましたら、それはそれは面白い本でした。

その中に「梅花」という一節があります。そこには、冬の凍った氷が解けて季節が春になる、そうするとまず咲くのは梅の花であると書いてあります。そしてその梅の花の力によって、春夏秋冬の四季が順序よくやってくる。風が吹くのも、雨が降るのも、これ梅花力なり、と書いてある。この断言の凜々しさ、凛とした響きに、私は完全にやられました。梅の花が咲くことによって四季が来る、そして風も吹く。風を吹かすのも梅の花だ、雨を降らすのも梅の花だと言うのです。

この道元の思想にあるのは、自然の変化というものが、単なる気候の変動によって訪れるということではなく、きちんとした秩序を持っているということです。しかも、最初は梅の花が咲く、その力によって変化が起こるのだという哲学。こんな驚くべきことが、『正法眼蔵』に書いてあります。

梅の花が初花《しょか》であるということにわたしはこだわりまして、調べてみましたら、中国の本の中でも初花《はつはな》と書かれているものは、梅に決まっているんですね。桜を初花と言うことはありません。

そうしますといろいろなことが、思い浮かんできませんか。たとえば菅原道真の「東風吹かば匂ひ起こせよ梅の花主なしとて春な忘れそ」という歌があります。東の風が吹く、つまり春になる。春になると梅の花が咲く。主である自分がいなくても忘れないで、東の風が吹いてきたらまず花は咲かせなさい、そしてその匂いを九州までよこしてくれと言うわけですね。

菅原道真がそんなことを言いましてもね、「梅の花の匂いが九州まで行くはずないじゃん」などと言っていると、これは全然だめなんです(笑)。ちゃんと行くのです。東の風が吹いてくるとそうなるのであります。

道真の歌まで考えてみますと、自然というものは、やはり大きな哲学を持っている。哲学的な道理の中で営まれていると感じられないでしょうか。そういうものを見いだしたのは、道元ではありません。もっと広く行き渡った、普遍的な哲学として、自然が日本の風土に仕組まれているのです。

いまわたしは哲学という言葉を、あらゆる思弁、考えの基本という意味で言っております。それを細分化すると物理学になったり、文学になったりします。大きな、明らかな学問である、哲学というのは、総合的な認識として、いまのような自然の中に仕組まれているということになろうかと思うのであります。

哲学などという言葉を言い出しますとかえっていけないかもしれません。わたしは大学の一年生の時に――わたしでも大学の一年の時があったんです（笑）――哲学が必修で、落とすと進級できないことになっていたんですね。その哲学の先生が、とても難しいことをおっしゃる。難しくて難しくて、どうしてこんなに哲学は難しいんだろうと思っていたその先生が、ご承知の、山崎正一先生です。

わたしの無能を棚上げして抗弁しますと、やはり哲学が、「観念」、物の考え方自身を操る学問になると非常に難しくなる。

これがペットボトルであるとか、これがコップであるということは「観念」ではありません、実体です。物の存在そのものですね。しかしこれを、およそ器なるものなどと言うとこれは観念になって、わかりにくくなる。

観念というのは非常に難しいものだなあという気がいたします。その反対に、自然現象であれば、よほどわかりやすい。

わたしの大学の一年生のときに学んだ哲学が、ドイツの観念論哲学ではなくて、メルロ＝ポンティとか、フッサールとか、フランス系の現象哲学であれば、わたしはもっと成績もよかったはずなんですけれども、ドイツ観念論との相性が悪かった（笑）。

五、『万葉集』――自然に心を託す、自然で心を表わす

これは話が逸れたようですが、いまわたしは、あえて自然の、風が吹くことや、梅の花が咲くことや、こういうものが哲学ではないのかと考えるのです。まずそこにある空を考えるとか、風を考えるとか、そういう、現象学と呼ばれるような哲学です。そういうもののほうに、日本の哲学は近いのではないか。ややこしく観念に置換する手続きをせず、自然そのものが、明らかな理《ことわり》を持っているという、それが、日本において、日本人の考える自然ではないのかという気がいたします。

自然はわれわれの表現の基本になっています。『万葉集』ですと自分の気持ちを述べるとき、たとえば「わたしはいまこんなに、空しい」というとき、「空を吹いている風のように空しい」と言うわけです。「あの大好きな恋人に振られて、空を飛んでいく雲のようにわたしは、今どうしたらいいかわからない」と『万葉集』の歌にあります。振られて悲しいことを、雲みたいだと言ったりする。これは寄物陳

思などと言いますが、そういうのが日本の和歌にあります。

そう言わなければ客観性がないからですね。「わたしは悲しい」と言っても、どれぐらい悲しいのかわからない。「空を行く雲のように空しい」と言えばわかるのです。基本的なものを自然に託して、その上に感情を陳べるという表現形式を、日本人はずっととってまいりました。それは、自然というものがいかにわれわれにとって示唆深く、確固たる存在であるかということだと思います。

もう一つ、俳諧、俳句は、非常に季節を重要視します。それはなぜかと言えば、ただ単に四季の彩りの中で生きているというだけではなく、自然というもの、桜の花、梅の花、あるいはレンゲ草、鳶でも鷹でも何でもいい、雲でもいい、そういうものが哲学的な認識上のものとして存在している、ということがあるのではないでしょうか。

浮遊するもの、流れるものとして、すべての事実が消えてしまうのではなくて、具体的に存在する。先ほどから問題にしております「令月」も、「風」も「和」も、単なる現象ではなく、一つの認識として存在するのだということです。

風は風として一つの哲学を持っている。風というものは流れ行くもの。流水も流れ行くもの、雲も流れ行くもの。人間の人生もまた流れて行くものであります。そういうものを流れるという形でとらえて、かつ、それが抽象化しないで残り続けていくのだという。こういう哲学をわたしたちは祖先から大事に引き継いできたのではないかと思うのです。

麗しい月である、令の月である、そしてそこに和というものがあるのだという。風であったり月であったりするのですが、それが人間の精神の状態にも置き換えられていく。われわれ日本人の、認識のそういうプロセスがある。

ですから、まずこのように自然という哲学を認識することで、令和という新しい時代を迎えようとしているわれわれと、その令和の出典との関係が結ばれていくのだろうと思います。日本では一月を令月と言いましたが、単に春先の風景ということではなく、全体として自然を言っていて、その自然は一つの哲学として表現されているのだと考えるべきだと思います。

六、十七条の憲法「和を以て貴しと為す」の願いを

　ではこれから、三番目に申し上げたいことをお話しします。わたしたちはこれから令和という時代を生きるのであります。この時代に、未来に向けてどういう夢を描けばいいのか、どのような夢がその中に込められているのかということを申し上げたいと思います。

　近代になってから明治、大正、昭和、平成、そして令和という元号を重ねてきました。出発点だった明治は、明らかに治まるという意味ですから、政府統治者側のスローガンです。これから立派な政治、明らかな政治をするぞという治めるほうからのもので、治められる民からのものではございません。武家から政権を取り戻した公家が、新しい形で近代国家を経営していこうということで、明らかに治めることが大スローガンだったことは誰も否定できない。

それに対して、江戸の民衆たちは大変に辛口で、すぐにお上をからかうというのが彼らの得意わざでした。こんな皮肉も流行ったそうです。「明治とは、上から読めば明治だが」――ちゃんと和歌になっていて、続けて、「治まるめいと下からは読む」という(笑)。下の庶民からは、治まる、明。お上の方々、うまくは治まるめいよという。

崇高なスローガンを掲げたにもかかわらず、日清、日露の戦争もあり、けっして明治ではなく、日本は戦火に巻き込まれていきました。それに懲りて、大正デモクラシーの時代が来ますと、大きく正しいことを世の中のスローガンにしようではないかと。偉大なる正義というものが叫ばれました。これも、どちらかというと為政者の側からの号令です。それが昭和になりますと、昭《あきら》かな平和であるということですから、これも国家の実現すべきスローガンの時代でした。

その次が平成になりました。これは、地平らかに天成るという、まさに中国の『書経』からとった認識です。

しかしわたしたちとしては、その真ん中にある民と呼ばれる者、国民と呼ばれる者に対して、もっとなにか言ってほしいという思いも出てきます。

平成の御代の三十年間、天皇陛下は、戦地や被災地に行ってあれほどの祈りを捧げた。戦没者と災害に遭った人たち、つまり不慮の死を遂げた人たちを慰安しました。

不慮の死を遂げた人たちに呼びかけるとき、英語では、ペリッシュという言葉を用いることが多くあります。ペリッシュという言葉を使った、一番典型的な人はリンカーンです。南北戦争の激戦地ゲティスバーグで、平等の政治を実現するために戦死者がたくさん出た。リンカーンは、その地で行った演説で、「人民の人民による人民のための政治」という有名な言葉を述べ、新しい政府ができたらペリッシュはなくなるだろうと言った。

まさにその思想と同じように、平成の天皇陛下は、ペリッシュな死を遂げた人たちを慰安したのだと思います。リンカーンに学んだのだと、わたしは思っています。

先の天皇は、平成という元号の時代の天皇でありましたが、地平らか、天成るというようなことではなく、もっと積極的に自分から、ノットペリッシュという、戦死者を救い出したいという祈りがあったわけですね。明らかにこれは先の戦争があったゆえの考え方です。

さてわたしたちは、これから令和という時代を迎えることになりました。「和」という文字がありますので、当然、和を求めてのものであります。聖徳太子が定めた、日本の最初の憲法である「十七条の憲法」の第一条には、「和を以て貴しと為す」と書かれています。「和」というものの根源はそこにあります。つまり「十七条の憲法」につながりたいという、そういう意図がなければいけないんですね。

聖徳太子はただ単に代表としていたということで、実際には、たくさんの側近と一緒に、「十七条の憲法」を作りました。人びとがさまざまな知恵を集め、聖徳太子に心を合わせて平和憲法を作り上げた。

日本はその前年まで、百済で泥沼戦争をしていたんです。まさに一九四五年と同じような状況で、戦争が終わって一九四六年に今の平和憲法ができたのと同じように、その次の年にあの「和を以て貴しと為す」という憲法を作りました。

では、聖徳太子と一緒に作ったのはどういう人たちだったのかといいますと、朝鮮半島の高僧たちです。やがて故国を喪失する人たちが力を合わせて聖徳太子を頭として、平和憲法を作ったのです。非常に崇高な、切実な願いを込めているのです。

後のち、多くの政治家は、聖徳太子の「十七条の憲法」を見たいと言いました。源実朝も、大江広元に「十七条の憲法」を持ってこさせてそれを見たという話があります。藤原頼長なども、聖徳太子の真似をしたいと思った。そのように、代々の宰相たちは「十七条の憲法」を尊重してきたのですから、今の宰相もぜひぜひ「十七条の憲法」を尊重してほしいと、国民の一人としてわたしは願います。皆さんもきっと同じでしょうけれども。

「十七」というのは、九と八という、天と地の、その奇数と偶数、その両方を合わせた、つまりすべてという意味なんですね。不思議に、俳句も十七文字ですと言う人がいらっしゃった。十七文字というのはそういう理屈にも合っているのでありますす。そういう「十七条の憲法」の「和」というものをもとにして、令和のこれからが始まるのだと思います。

七、「令」――秩序をもった、麗しき美。それを求めること

では、その「和」にかぶさっている「令」というのはどういう意味なのか。これは、非常に崇高な理念を持っています。そして、日本人がこれまでなかなか持てなかったほどの価値、あるいは美的な内容を持っています。

たとえば、漢字には、普通、音と訓があります。道路の道でしたら、「どう」というのは音、「みち」というのが訓です。もともと「どう」という音で、中国から文字が入ってきました。それに対してわれわれは、これは「みち」という意味の字だと理解して、「みち」と読んだのです。

文字がなかった日本に、中国から文字が入ってきた。そのとき日本人は、自分たちの言葉を文字に当てはめていったのです。「書」という字の意味は、本来は「正しく書く」という意味でありますが、日本には、それに対応する言葉がありませんでした。そこで当てたのが「かく」という言葉でした。それまでは粘土をひっかい

て形をつけて、図形を作っていました。図形を作るのと同じように文字というものを「ひっかいた」。それが「かく」という言葉の基です。

中国から入ってきた外来語には、なにかしら日本語として対応するものがありました。ところがそれがない字、音だけしかない字として、今日まで使われている字があります。「令」は、「れい」という音しかない。それと同じような例としては、「徳」という字も、「とく」という音だけがあって、訓はない。「徳」という漢字に当たるような日本語はそれまでなかったということなのです。

それほど、外来性の強い言葉が「令」という言葉であります。

新しい元号を、日本の『万葉集』からとったことに、中国には批判する人もいるのですが、そのだめだと言われている「令」は中国のお国の言葉なんです。

またわたしの経験を申しますが、ずいぶん前、小泉純一郎首相の時代に、首相が各省庁に対し、「役所の文書に横文字が多すぎる」と怒ったそうです。こんなふうに横文字ばかりにしていたら、診療所に来たおばあちゃんはいったい読めるのか、と。横文字を全部、日本語に直せ、と小泉さんらしく言ったらしいんですね。

そこで国立国語研究所の所長が委員長になり、外来語を日本語に直す委員会ができました。わたしも呼ばれて副委員長をしまして、外来語に日本語を当てることを五年ぐらいやりました。

その中で一番、難しかったのがアイデンティティという英語です。日本には、アイデンティティに当たる言葉はないということであります。

それと同じようなものが「令」や「徳」でもあります。「徳」という字は正しい心をもって行動するという意味ですね。「令」という字を見てみると、まず、上部に人があります。これは玉《ぎょく》の形です。その中にちょんと、「マ」の片仮名に点をつけたような字を書きます。ですから玉を抱いている人間を「令」といったと考えられます。もちろん漢字というのはいろいろな意見があるのですが、わたしはそこがいいと思っております。つまり、玉を持っているような人間のあり方、これが「令」です。

だから、「和」においても、ただ単なる平和ではありません。玉を抱きかかえているような平和、それが「令和」と呼ばれる、平和であります。

これは、シンボルとして考える上で、すばらしい文字ではないかという気がします。玉を抱くのですから、玉が外にあるのではないんですね。いま私が立つ演台に向けられた光源のように、外から照らしているのではありません。そうではなくて、光源を体の中に入れて持っている。そこで人が輝いている。これが玉を抱いた存在であります。

ダイヤモンドではなく、いわば真珠のような存在ですね。これが「令」であります。ご自分を令夫人とお思いの皆さまは、早速真珠の指輪を、だんなさまに買ってもらってください（笑）。それもまた、「令和」に生きるということになります。

これからの平和の輝きとは、真珠のような輝きでなければいけない。それが「令和」と呼ばれる時代に遭遇した、われわれの宿命ではないかという気がするのです。

八、『万葉集』とは、まるで『旧約聖書』のよう

また、「令」にはさまざまな意味があります。律令の令という、定めという意味もあります。このお話のなかでさきほど、秩序という言葉を使いました。まさにそうなんです。秩序というものを持った美しさ、これが令なのだと思います。麗しいという意味がいいと、私は思っております。麗しいというのは、きちんと整った美しさのことを言います。

単なる平和ではなく、もう一ランク上の麗しき平和、これをわれわれは昭和の上に重ねていく。元号という倫理コードをもち、自然という哲学をもって、すばらしく、麗しく令をグレードアップしていく、そういう時代が今来たのではないかという気がいたします。

こうして考えて行くと、『万葉集』というのは、まるで『旧約聖書』のような感じがしませんか。そう考えると、『古今集』以降は既成の観念を伝道する『新約聖書』

のようですね。それにいつも戻ることによってわれわれは、モーゼの戒律のようなものを受け取ることができる、それがこれからの『万葉集』の受け取り方であり、それこそ平和の時代に実現すべき日本人のあり方ではないかと思います。

第二章　令月和風の力

一、令和の呼びかけと歌の応答

「梅花の宴」序文の「令月にして気淑く風和らぎ」は、以下に述べる自然の美しさと、その中に陶然とする心とともに、ここに集った三十一人に対して、それぞれの梅花の歌を促がすに足る好条件としてもち出されたものであった。それほどに、この宴歌の行手を左右する、重要な風景であったことになる。

筆者から三十一人へ賛同が求められた、といってもよいだろう。

では、令月の和風は賛同が、得られたのだろうか。もし無視されていれば、令月和気とは主催者側の誤解になりかねない。

ところが、三十二首（筆者をふくめて）をその線に沿ってみていくと、おおむねは令月和風を意識していそうにない。別の内容で、さらに趣向を加えて歌うもの、恋歌に転換させたもの、鋭く特性を構築するもの、また儀式歌ふうにまとめるものなどなど、けして三十二首は一途に唱和しようというのではない。

もしわたしが推測するように「令和」にも思いをこめつつ、さあ皆で歌い合おうという意図が全員にあるのなら、これでは見当違いといわれるかもしれない。「令和」に深読みをするのも、避けなければなるまい。

しかし一首、このような通例の中で一首だけ、断然、きわだつ一首がある。

春さればまづ咲く宿の梅の花独り見つつや春日暮さむ

山上憶良（巻第五・八一八）

「春になると最初に咲く、わが家の梅の花。独りで見ながら家隠《いえごも》って春の一日を暮らすことなど、どうしてしましょう」という一首だ。

皆で見ようというのは旅人の「和」への賛成を示している。しかも反語を使うのは、明らかに対立意見を意識して、その一方の「皆で」をとり出して強調したのである。

「宿の梅」といって個別の梅をことばにするのも、一人なら「宿」の梅だからで、その反対の大勢が集う「園の梅」を見ようといいたかったためである。

ここは序の旅人の呼びかけが暗に憶良に対してであった心情すら、示すではないか。

そしてまた憶良は、「まづ咲く」花、という表現を採用した。こう表現したのは梅を中国で「初花」ということに擬《なぞ》らえたのだろう。

たしかに中国で「初花」といえば梅をさす。

そしてそのことは、正月があけて十三日、まず新年の到来をことほぐ宴であることを、婉曲に表現したものになっている。

よく知られるように「令月」とは中国で二月をさす。令《うるわし》い月という一般的な呼称ではなく、固有の表現となっているから、一月にも援用できるというものではないし、これは中国の風土からも必然性をもつ。

だから中国語の令月には梅が初花としては咲かなくなる。それほどに梅の初花性は、いま大切なのである。

なぜかは、すでに前章で述べたように、梅が一番の花であり、そのゆえに年間の万花を統率する花として道元に認められたからであった。

この間の事情も、「春さればまづ咲く」という表現に示されているではないか。年間万花を統率する花の力をまず見つけた日本人が憶良であり、その論理を展開させたのが、道元の「梅花力」であったことは、すでに前章でふれた。

憶良の「初花」の確認は、道元の認識に及んでいると、見たい。

そしてこの自らに備えた梅の統率力を思えば、これこそ気高く気品をもった「うるわしき」令なる性格といえるではないか。

序文の「令」なる認定の体現者が「初花」であった。ここに序文の要求は、遺憾なく受け止められたと、見られる。

憶良はこうして令和の賞揚をきちんと受け止めた。この応答こそが、反語形式で告げられた「春日暮さむ」であろう。現代語ふうにいえば「そのとおりです。どうして一人なんかでぽつんと自宅の梅を見ましょう。皆といっしょに長官の家の梅を見るのがいいですね」と作者はいうのである。

ほとんど、答えどおりの一首になっているとわたしには見える。

そしてこの応答の呼応は、二人の関係上まことにふさわしい。よく知られるように旅人が九州で妻を失った時、憶良はわが事のように嘆き悲しんだ。この序と歌との応答は、それとひとしい心情の交換の中にある。

さて、このように「和」の歌としか考えられない憶良の歌に対して、当の旅人の歌はどうか。旅人は、

わが園に梅の花散るひさかたの天より雪の流れ来るかも　（八二二）

と詠んだ。

三十二首を通読した目でみるとこの一首は群を抜いて秀逸である。さすが旅人と

多くの目は認めるであろう。

とにもかくにも漢籍伝来の「落梅」を「ひさかたの天から流れくる」梅といい直した口調は、万人を熱狂させるものがあろう。内容は落梅ではない。飛梅といい正して中国人はこの一首を受けとったか。

さらに飛梅の景は、初句によって園に所有され、園固有の全景として理解することを求めてくる。それをしばしば絶賛し、これこそ日本人の特有の情感として納得しがちな、満目の桜の落花とひとしい光景を、旅人は描いたのである。

このことを、わたしは当然のことだと思う。なぜなら彼は、その他の必要事項を、すべて序で言い尽くしたのだから。もう今は飛花がいかに美しいかさえを、いえばよいのだから。

まさに序で落梅の歌をよもうといったのも、この歌をすでに胸中に宿してこの場に臨んだことを露呈しているではないか。

そこで、もう一歩を進めてもよいだろうか。

これこそ令景といえる。

すでに別に道元の「梅花力」のことを述べたが（23ページ）、このように梅の花が四季を統率する力をもつことを説いたのは、のちの道元であり、梅は令然たる力をもつと思われている。そのことを参照すると、新春正月を令月とすることの中で、梅もその一端を担うことがわかるし、梅の風景は令月の景だったと考えることも、許されるであろう。

ちなみに、この「令景」という造語について、若干の参照事項を述べておきたい。『続日本紀』（天平宝字二年＝七五八年）正月の五日に孝謙女帝は有名な「問民苦《もんみんく》使《し》」を諸道に派遣したが、その理由として「月に順《したが》ひて風を宣《の》ぶるは、先王の嘉令《かれい》なり」（その折々に風俗を明らかにするのは、古来の王のりっぱな定めである）と述べる。

「先王の嘉令」とは唐の太宗が貞観八年（六三四）に「疾苦を延問し、風俗の得失を観《み》、政刑の苛弊を察《み》る」ために「観風俗使」を派遣したことを指すとされている。

このことが嘉《よろこば》しい令《のり》だというのであり、女帝はさらに、

三陽既建　万物初萌　和景惟新　人宜納慶
三陽すでに建《た》ちて　万物初めて萌《きざ》せり
和景これ新にして　人慶《よろこ》びを納《い》るべし

と述べる。

ここには「和景」という語も用いられ、時新たに正月（令月）で「和《なご》やかな風景」が歓ばしいという。

季節の捉え方といい、嘉令に則《のっと》る派遣を新春令月に行う時の風景を「和景」と表現するあたり、当面の梅花宴の意義づけときわめて近いと、わたしの目には映る。

さらにもう一ついうべきことがある。和歌における叙景についてである。

わたしたちは何一つ疑問なく自然詠などといい、人事詠などとよばれる歌と相対化してしまうが、和歌は本来、人間の心情を表現する器であった。自然を描写するということは、せいぜい心情を訴える時に心情を仮託するために用いられるものだけが、自然であった。

その中から山河や風物、四季が独立するのは、後のことである。

そしてこのことの最初の完成者として、よく山部赤人の名があがるが、それでも心情と自然描写が分離しがたいことに苦しむ歌が赤人自身の春日野の歌（『万葉集』巻第三・三七二、三七三）などに見られる。

こうした流れの中に旅人をおけば、まずはこの歌あたりを赤人より先んじておくべきだろうし、それも漢籍の手段に依りながら叙景歌の誕生してくる様子を、明らかに示すものであろう。

逆にいえば、測らずも旅人をして叙景歌をよませた原因が、「令月」――これも仮り物の体験化によるものだったのだが、そういい出したことの具現化だったことになる。

しかし結果としてみれば、新春の令景への和歌の唱和は、旅人と憶良という二人のリーダーの予期しない役割の分担によって、完成されることになった。

従来わたしは梅花の宴が八人ずつの四組、円座による吟詠だったと説いてきた。

その最上座の八人は、帥の横の次官、大弐の紀氏某から円座を廻りはじめ、旅人の正面にいた憶良に及んで旅人の「和」の提唱は賛成が得られ、さらにめぐる歌の流詠は紀某の反対側の旅人の隣までやって来た。

歌いおさめは旅人である。彼は今こそ「令」月の「和」の座のしめくくりとして、存分に、「令」然とした一首を示すことが要求され、さらに「落梅」の伝統を継承しつつ、みごとに令景を歌い上げたのである。

以下第二～第四グループにも詠歌の円環が行われたであろうが、ほぼ六位以下の人びとも、第一座の披露にみなが耳を傾けていたであろう。

某日の遠の朝廷は「令和」の風の中に華やいでいたことと見える。

余韻の中に、旅人は二度にわたって追和の歌を詠んだ。それもみごとな憶良との協調の中に実践した令和に、彼が存分に満足していたことを示すものであろう。

二、田園に帰るということ

新しい元号が令和と発表された二〇一九年四月一日の後、ただちにその出典として『文選』（賦篇）所収の「帰田の賦」（張平子作）があげられた。

張平子（七六～一三九）とは後漢の人、名は衡といい、張衡の名で通っているが、なにしろ難解の定評ある賦の作者、しかも『文選』の賦篇の冒頭には、この人の西京賦以下の長大な賦が三首並び、かねて威容に圧倒されてきた作者である。

加えて「帰田の賦」には「思玄の賦」が並挙されていて、これまたいかめしい。たしかに音楽の分類の中には嵇康《けんこう》の「琴の賦」があり、大伴旅人は明らかにこれに影響されているが、わたしは琴を通してのみ旅人の相い通じる風貌を、長年『文選』にみてきただけに、いま改めて「帰田の賦」との関係が旅人に迫られるとしたら、気の毒な――というのが、もし不謹慎なら、違うなあという思いがあった。

たしかに「令和」という文言をふくむ、

於是仲春令月、時和氣清（是に、仲春の令月、時和やかに気清し）

という表現は日本人にも馴染みやすいが、ここだけが異質なほどに、「帰田の賦」全文は硬質な威厳にみちている。当り前のことだが。

そしてまた、「帰田の賦」の以下の部分に自然の風物が描写されるが、それはこの梅花の序文の叙述とは相違しない。

ごく一般的に時候を述べる部分がひとしいのである。

そして反対に、全文は相違ばかりが目立つ。

すでに述べたとおり、世間でもすぐ気づいているように、この令月は中国での約束どおり二月であって、正月ではない。旅人の令月は、孝謙女帝の詔《みことのり》にもあったとおり、新年祝願の意味をもつ新春の令月であったから、気持もずれる。

また細かい叙述についても、賦は「於是」という発辞によって周辺に展開する空間を述べ、ついで行文を改めて「于時」から時間を述べ始める。みごとな文体であることも賦らしく、また広く中国という言語《ロゴス》に生きる国の文体であることにも首肯させられる。

ところがこうなると、旅人が「于時」といった後で「初春令月」というのと並ばなくなってしまうから、張衡が「時和氣清」というところを「気淑風和」と、気と風を並べることになる。

そもそも話が中国に及ぶと、さあ「時」も「気」も莫大な概念を背負ってしまう。無邪気に空気や風を楽しむ日本人とは、距離が大きく空くばかりである。

いや、もっと基本的にいうと、張衡は、いま田園に帰ろうというのだが、旅人には帰るべき田園はない。

ましてやいま旅人は、どこへも帰ろうなどと、思ってはいない。

少なくとも「帰田」というと中国には有名な陶淵明の「帰去来」の詩があり、このことばは山上憶良の借りるところとなった。「帰去来の辞」は万葉歌人にも愛用されて、淵明と『万葉集』との関係は、最近も川合康三氏が「山上憶良と中国の詩」

（『万葉集の詩性』角川書店二〇一九）で、適切に裁断されたごとく濃厚である。

しかしもし旅人が「帰田」に近いものを心に宿したなら、それは「田」ではなく、擬せられるものは「帰野」だったろう。

例の山部赤人の、

春の野にすみれ摘みにと来しわれそ野をなつかしみ一夜寝にける
（巻第八・一四二四）

がそれに当ることを、かつて書いたことがある。この「野」には「朝野」の意識がある。

さらにいえば、どこに帰るかは、以前からわたしにとっても一つの問題だった。その時考えたことは、孔子が同じことばを口にした時、

子、陳に在りて曰く、帰らんか帰らんか、吾《わ》が党の小子狂簡《きやうかん》にして

斐然《ひぜん》として章を成す

（公冶長五）

といったことだ。

この党は孔子の村里（五百戸）と考えてよいだろうか。あるいは仲間と考えてもよいかとも思うが、これならば旅人にも似合うものだったのではないか。

本来武門をもって天皇に従ったとされる伴《とも》の人間に、帰る場所はあるのか。大伴にも本貫《ほんがん》の地があるという考えや、難波を大伴の地と標榜する歌もある。しかも旅人自身が「故郷を思へる歌」（巻第六・九六九、九七〇）を作っており、そこには神《かむ》名備《なび》の淵があり、「指進《さしずみ》の栗栖《くるす》の小野」という地名も登場する。

しかしそこで郷党の小子を教育したり、帰農の余生を送るという中国タイプの「帰与《かへらんか》」や「帰去来《かへりなむいざ》」を考えることは、おそらく無理であろう。

そこでもし「帰田の賦」を梅花の序の中に想定しようとすれば、まったく全体の趣旨や思想を無視して、単に日付の書き方のみを応用したことになるが、それならばごく普遍的なこととなり、何も関係を云々するものでもない。その上でもなお関係を求めるなら、令月の相違を克服しなければなるまい。

梅花の宴の序文の背後に帰田の賦があるという見込みは、やはりむずかしそうである。

三、会稽の風雅への憧れ

そこでむしろ、梅花宴と深い関係をもっと考えるべきは、王羲之の「蘭亭集序」であり、従来も考えられてきたとおりである。

いうまでもないことだが、羲之は能書家として当時の日本にも広く知られており、『万葉集』の中にも羲之にもとづく用字がある。

また『万葉集』が分類名とする「相聞」も当時の書道書の分類を踏襲したという山田孝雄説も広く認められていて、羲之およびその子の献之と『万葉集』の関係は濃い。

中でも羲之が東晋の永和九年（三五三）の上巳《じょうし》に、修禊のために会稽山の山陰蘭亭に集って詩を作りあった会合が、とくに有名だったらしい。

旅人の息、大伴家持は天平勝宝二年（七五〇）上巳に、おそらくこの蘭亭の集いに想を寄せた結果であろう、

漢人《からひと》も筏《いかだ》浮べて遊ぶとふ今日そわが背子花かづらせよ

（巻第十九・四一五三）

という一首を作っている。ほぼ四百年前といっていい行事を、知っていたからだったか。

ちなみにわたしが蘭亭跡を訪れた時も、池に筏が浮かんでいた。

そしてそのことが、父親の旅人の梅花の宴を仲介とするものであった可能性も大きい。なぜなら「蘭亭集序」には、他でもない、梅花の宴の序と共通することばが、

あるからである。

（**蘭亭序**）
悟言一室之内
（言を一室の内に悟る）
快然自足
（快然として自ら足る）

（**梅花序**）
忘言一室之裏
（言を一室の内に忘る）
淡然自放、快然自足
（淡然として自ら放《ほしいまま》にし、快然として自ら足る）

このとおり、「悟」と「忘」という相違や、梅花序が「淡然自放」を加えるという加筆はあるものの、むしろこの二か所の相違は、両者の意図的な深い関係を示すであろう。

もちろん両者はまったく同じではない。蘭亭が四二人に対して梅花は十人減の三二人。蘭亭では二首作の人が一一人、一首が一五人、できなかった人が一六人いた。罰ゲームまで知られているが、梅花の方はもっと厳粛に進められた模様である。

しかし風光明媚な会稽に集い、旅人における憶良のような謝安とともに羲之は快く、江南の文雅に溶け込んでいる。

しかも蘭亭の集いも事の顚末を述べる文章が序として付けられており、冒頭は同じ趣旨によって日時から記されはじめる。

永和九年、歳は癸丑に在り、暮春の初め、会稽山陰の蘭亭に会す。

と。まず冒頭の書式も、梅花とひとしい。

そして梅花では直ちに時候のよいことを、つまり当面問題とする一節を書くのだが、蘭亭はもう暫く上巳の宴の模様を述べたのちに、

是の日、天朗らかにして気清く、恵風和暢す

と梅花の総叙に相当する行文を記す。「天朗気清、恵風和暢」が中心であろう。

さてそこでわれわれは判断を求められる。全体はこれほど趣を一致させながら、言葉遣いの上では全くは一致しないこの関係を、どう査定するべきなのか。

蘭亭序の中にも「茂林修竹あり」とあり、梅花の中にも、不自然なまでに、

梅の花散らまく惜しみわが園の竹の林に鶯鳴くも
阿氏奥島（巻第五・八二四）

と竹林を口にする者がいる。梅花の序文が会稽の集会を羨望の的としたことは、歴然としており、このような要点こそが、いま風雅の前例として重要なのである。

ところがいま、わたしはきわめて重要と思われる点について、新たに述べたい。梅花の序文の中に、梅と並存するべくもない蘭を梅と並べて、旅人が、

梅は鏡前の粉を披き、蘭は珮後の香を薫す

というのは、眼前の梅に対するものとして、梅の描写と並べて「かの蘭亭の集いでは蘭が集会の大夫の珮から薫っています」と言いたかったのではないか。

肝心の令月和風の中に同文字の踏襲がないからといって、蘭亭序を無視するのが、よいのだろうか。他にも明らさまな自足、多少工夫した悟言と忘言らをちりばめながら、会稽の士大夫の珮香まで鏡前の梅花に並べつつ綴った梅花の序文は、宴会がみごとに蘭亭序を前例としていると、いうべきだろう。

ちなみに従来梅花序の蘭については、扱いあぐねてきた趣が研究史にある。蘭は和訓ではフジバカマだが、これは秋の代表的な花だから解決できない。珮後といっているからフジバカマなど香草を香包に入れてベルトに挿していたのだろうともいわれてきたが、「梅は」以下も写実ではないのだから、これも実景ではない。

小生自身も一九七八年に記した註の中で「梅と対にして香草をあげた文飾で実在のものではない」(講談社文庫)と述べたが、この不十分な註解の訂正もふくめて「この蘭は蘭亭の蘭のこと」とすべきであろう。

本題に戻ろう。竹林を詠じた一首は旅人ではなかったが、旅人自身も竹林の七賢を主題とする歌を詠んでいる。

古の七の賢しき人どもも欲りせしものは酒にしあるらし

（巻第三・三四〇）

竹林の七賢とは、すでにあげた嵆康ら、竹林で清談した魏晋の七人の賢者をさす。古来アジアでは松竹梅の三者をとり合わせたことばがあるが、その関係からも竹と梅は十分関係をもつ。

三者は松の聴覚に訴える響き、竹の視覚に訴える直立の美しさ、そして梅は嗅覚に伝えられる香りのよさを称したものであった。竹を愛する文人の希望は、世情の直なることへの願いであった。直なる心による行いを徳という。

そういうと、旅人がこれほどに自己の境地の安穏を希い、竹林へ熱い眼差しを送るとなると、では彼が隠逸を願っていたのか、という問いが浮上してくる。

旅人は老荘思想を尊び、世間からの隠逸を願って梅を愛し竹林を見つめていたのか。

わたしは、旅人をそのように裁断してしまっては、何も解らないと思う。旅人は令月も和風も、また淑風も愛したであろう。七賢の持った竹の直なる姿も尊んだであろう。

この心情を理解し尊重すべきだと思うが、しかし彼はその境地を愛したのであり、イデオロギーとして老荘思想をもった、というのは誤りだろう。

ひたすらに、月も風も、また気も清すがしく気高くある姿を愛しただけだと、わたしの目には映る。

だから令月和風を尊ぶ精神を「令和」から汲みとることで、事は足りる。何も政治に不満を抱いて、野に帰りたいと思っていた形跡はない。

その証拠に彼は七賢の一人、嵆康が「琴の賦」を作るように、琴の歌を作って知音の友、藤原房前《ふじわらのふささき》に送っている。ラディカルに権力闘争に参加して、甲乙を争うのではない。この態度こそが張衡と異なるところであり、あえていえば、七賢とも一歩を画するところだったはずだ。

先ほどわたしは「帰田の賦」が梅花の宴と遠いといったし「蘭亭の序」こそが近いといったが、こうした旅人を総括することばで、かつわたしが座右の銘としていることばをあげたい。

彼は琴を藤原房前に送るにあたって、わが身を「琴となった娘子」とした上で、わたしは「雁木の間に出入りしています」といわせている。わが身の隠喩である。雁と木の間を出入りしているとは。ことばは『荘子』の掲げる故事で、山の中で小木しか伐らない男がいたので荘子が理由を聞くと「大木は役に立たないからだ」という。次にさる家に宿って馳走にあずかると、この雁は鳴かないので殺して馳走したと主人がいう。そこで弟子が荘子に尋ねる。無用だから助かり、無用だから殺されるのでは、人間はどうしたらよいかと。そこで荘子が「有用と無用の間（雁木の間）にいよう」と答えたという。

この態度を旅人は琴に託して藤原氏に言い送ったのである。

折しも大伴氏は藤原に合力するか否か、藤原氏から去就を問われている。自分に反対して長屋王殺害を責めるのか、それとも黙認するのかと。

旅人はまさに、雁でも木でもない、と宣言した。このいずれでもない、第三の道をとることで、醜い抗争にまきこまれ、わが身を汚すことを避けたのである。

この見事さこそ、いま梅を見つめ、この初花の根源の梅花力を身につけたいという旅人の身上なのである。

わたしはそのことを思いながら、梅花の歌うたをみていると、それこそが令月に吹く和風の力——令和力なのかとさえ、思ってしまう。


そしていま、一つのことを思い出した。

すでに書いたことだが（『中央公論』一九八九年四月号）、中国の蘇州にいった時そこの「拙政園」という庭園の中に、池に面した小さな亭があった。

その名は「与誰同座軒」とある。「誰かといっしょに坐る建物」というのだ。

「？」と同行の数人は一瞬沈黙した。と、英語のガイド嬢が亭の名を「Whom I sit with Pavilion」と説明した。もちろん直訳だから、すでにみんなが考えている最中の建物の名前だが。

するとひと呼吸おいた後で、彼女はいった。

Moon? Wind?

そして、くすっと笑った。
何というみごとさ。「恋人といっしょかな」とひそかに思っていた人は、内緒で赤恥をかいたことだろう。
ちょうど、三十年前になる、この時はすぐ松尾芭蕉の、

岩鼻やここにも一人月の客

を思い出して、わたしは月と与《とも》に坐るこの亭の主を芭蕉だと思ったが、いまは亭主は大伴旅人だと、思っている。亭のほとりに梅の木があったか否か、もう覚えていない。

第三章　天皇と和歌

一、国づくりと『万葉集』

第三周期の「国づくり」に生きるわたしたち

最近、わたしは日本歴史の七百年周期説をとなえています。わが国は七百年単位で繰り返し「国づくり」を行ってきたという考えです。文字の伝来によって〝歴史時代〟が幕開けしたのは五世紀です。第一周期の「国づくり」は、五世紀から始まり十二世紀に終わります。五世紀に国家としての体制をととのえたのち、一一八五年の平家滅亡によって公家文化は武家文化にとって代わりました。

第二周期の「国づくり」は十二世紀から始まり、また七百年で徳川幕府が崩壊し、武家文化は終わります。

　そして、第三周期に入って二世紀、二十一世紀のいまは第三周期の文化達成にむかって、その始動に苦しんでいるさなかです。

　七百年単位の周期といっても、前半の三百五十年は陣痛期、つまり国生みの苦しみの時期です。そして、後半の三百五十年は完成期です。第三周期のはじまりは、一八六八年の明治元年で、そこから三百五十年くらいは陣痛期、「国づくり」の苦しみが続くと思います。わたしたちは二十三世紀ごろまで苦労をしないと、第三周期の完成期にあたる二十四世紀から二十六世紀の子孫に、良い日本を渡すことはできない、そういう宿命にあるのではないかと思っているのです。

　それでは第三周期は今後いかに展開するのかということが問題です。まず日本は第一周期で「情の文化」を完成しました。「情」とは、感性による美の追求を中心におくもので、芸術の分野に文化を構築します。一例をあげれば、『源氏物語』の出現がそれです。

　第二周期は、十二世紀から近代日本が誕生する十九世紀までの七百年、わが国の知的水準は著しく向上し、関孝和の和算が世界に冠たるものであることが言われるように「知の文化」が築かれました。「知の文化」とは、知性による真の追求を中心におくもので、学術の分野に文化を構築します。わが国が江戸期に幕藩体制をとったことは良い枠作りで、庶民にも教育が普及し、教養が涵養され、儒学が構築され、大衆に知性が与えられました。

そして「知の文化」をつぐ第三周期の文化は、過去の日本文化の欠を補って登場しなければなりません。それは理性による善の追求を中心におくもので、道徳の分野に文化を構築していく課題をもっていると思います。わたしは第一周期の「情の文化」、第二周期の「知の文化」と比較し、第三周期は「意の文化」と申しています。実践が大切であり、身につけた理性により善悪を判断し、善を実践していくという事です。日本が迎えようとする時代は、このような意志が必要とされるのではないかと思います。

第三周期の「国づくり」がはじまった明治の前半は、本当にめまぐるしく毎日が変わりました。わたしは明治二十年代に関心があり調べているところですが、当時の苦しみは、今のわたしたちの苦しみよりもずっとたいへんであったと思います。

明治政府の政策は、富国強兵、文明開化、殖産興業の三つです。この三本柱の政策をめぐり、毎日がめまぐるしく変化していくのが明治の前半です。通貨単位を何にするかをめぐっていろいろな事があり、ようやく〝円〟という単位が創作されます。そうした明治政府の三つの政策のバランスが安定していくのは、明治三十年代で、その時代から戦争へと傾いていきます。

しかし政策のバランスが安定してきたとはいえ、その後もたいへんな動乱が続きます。それは未だに続いていて、右へ向いたり、左へ向いたり、そして出発点に戻ろうという動きが出たりと変化します。しかし、わたしたちは力を惜しまず、その時々のことに向き合う必要があると思います。

「万葉時代」の指標となった五世紀

さて、第一の「国づくり」の動乱期であった「万葉時代」の指標は、過去のどこにあったのでしょうか。結論から申せば、五世紀の朝廷です。『万葉集』の開巻第一首に、いきなり五世紀の雄略天皇が登場します。その次の開巻第二首は、舒明天皇の御歌で、飛鳥時代へと時代が飛びます。つまり五世紀の王朝をもとに、七世紀の「国づくり」を試みたのが飛鳥朝でした。

年代順にみていきますと、雄略天皇こと大泊瀬稚武《おおはつせわかたけ》皇子が即位されたのが四五六年。それから百四十年近くも時代が飛び、聖徳太子の摂政の時代（五九三〜六二二年）を迎えるまでは『万葉集』の歌はありません。六〇三年に飛鳥・小墾田宮《おはりだのみや》へ都は遷り、冠位十二階が制定され、翌六〇四年には「十七条の憲法」が出されます。『万葉集』は雄略天皇の時代から、一気に聖徳太子の摂政時代へと時代が移ります。飛鳥時代を生き、「国づくり」を担った人びとにとって、輝いていた過去は五世紀の王朝、そのシンボル的存在だった雄略天皇の時代だったということです。

しかし、『万葉集』には雄略天皇より昔の方も登場します。仁徳天皇のお妃であった磐之媛《いわのひめ》が、仁徳天皇を慕ってつくられた御歌です。このことからも、飛鳥朝の人が、仁徳天皇を慕っていたことが窺えます。雄略天皇をシンボルとする五世紀の王朝、そして仁徳天皇への思慕、飛鳥朝はそれらを指標に「国づくり」をしたのです。それに伴い、『万葉集』も編纂されたと言えます。

二番目に、飛鳥朝の幕開けはいつで、誰がはじめたかという問題があります。それは聖徳太子です。聖徳太子時代は奈良県明日香村にある甘樫《あまかし》の丘の向こう側に都をおきました。当時の奈良県明日香村は、大雨が降りますと山から鉄砲水が出て流域が定まらない沼地でした。しかし、明日香村は甘樫の丘をはじめ周辺を山々にかこまれ、ユートピア・別天地でした。精神的なユートピアの地と、行政の中心地はイコールではありません。明日香村の土地が整備されるまでは、甘樫の丘の外側に都がおかれ、小墾田宮、豊浦宮《とゆらのみや》などがそうでした。

この聖徳太子の摂政就任は、飛鳥朝の「国づくり」のはじまりであると共に、以後、日本の歴史の原点になりました。

大仏建立と『万葉集』編纂

『万葉集』編纂の原動力は、聖徳太子への思慕です。わたしは二〇一〇（平成二十二）年五月、新聞に「十七条の憲法と万葉集」というエッセイを寄せ、『万葉集』が十七条憲法をもとに編纂され、十七条憲法にこめた聖徳太子の理想は『万葉集』編纂の原点であったと書きました。

開巻第一首の雄略天皇即位が四五六年で、聖徳太子の十七条憲法制定は六〇四年です。その間、約百五十年です。そして『万葉集』では最古の人物である仁徳天皇のお后の磐之媛の立后は『日本書紀』では三一四年となっていますが、史実としては確定できません。もう少し年代は遅いのではないかと思いますが、だいたい五世紀初めとされています。

さらに十七条憲法制定から百五十年後は、天平勝宝年間、つまり七五〇年代で、東大寺の大仏開眼供養（七五二年）と『万葉集』編纂事業（七五三年）が注目されます。

『万葉集』編纂事業を進めた聖武天皇について考えるとき、東大寺の大仏建立を抜きには語れません。ある意味では、聖武天皇はほとんど大仏建立のために生涯を過ごした、といってもよいでしょう。盧舎那仏《るしゃなぶつ》を最初に拝したのは、天平十二(七四〇)年二月、河内の智識寺《ちしき》でした。そして大仏開眼は天平勝宝四（七五二）年です。聖武天皇は十二年、ひたすら大仏建立にはげまれます。三十歳から四十二歳までの壮年のすべてをかけました。開眼の時には光背もない、台座もない。諸々《もろもろ》が完成したのは宝亀二（七七一）年で天皇の死後十五年経た時です。

盧舎那とは、光明があまねく輝きわたるという意味で、光が満ち満ち、大蓮華《だいれんげ》のように香《かぐわ》しい世界を現実にしようとしたのが聖武天皇でした。光はつねに平等に、人を差別しません。聖武天皇は何の差別もない、それこそ遍照する光明のような姿勢で、天平十五（七四三）年に大仏建立の詔に「もし一本の枝でもひとにぎりの土でもいい、それをもって大仏建立に加わりたいと思う人がいたらそれを許すように」と言われた。民衆とともにあるという理想がありました。聖武天皇のお后の光明皇后が悲田院、施薬院をつくって病人を看護したという話にも通じます。このような天皇・皇后にリードされた時代の文化は、専制国家的なものや権威主義的なものとは反対の文化となります。

聖武天皇が推進した、その文化事業のひとつに、『万葉集』編纂があります。『万葉集』は長い年月を経て今日の形に成長したものですが、それがまず編集というかたちでまとめられようとした最初は天平勝宝五（七五三）年です。『栄花物語』によれば、この時、聖武上皇と皇位を継承していた孝謙女帝が、群臣に命じて和歌を献上させたとあります。聖武天皇は、わが国の政治の規範を天武天皇においていました。天武朝の政治は、天皇親政の実をあげたものだったからです。壬申の乱（六七二年）を勝ちとった天武天皇は、ともに戦った舎人《とねり》を登用し、「現人神《あらひとがみ》」として統治しました。聖武天皇は大仏を自らの〝等身仏〟として、世間を大蓮華のように皆が幸せになる世とすることを理想としたのです。

和歌献上の命に応じた大伴家持が、七五三年、左大臣の橘諸兄《たちばなのもろえ》に自作の和歌群を提出しています。左大臣というと、今でいう内閣総理大臣のような立場です。『万葉集』編纂は、「国づくり」事業でした。

国家事業として群臣一人一人の手元にあった和歌が、朝廷へと集められたのでしょう。大伴家持は、手元にあった和歌を朝廷に献上し、最後に自作の和歌を添えたと思われます。

二十五日に作れる歌一首

うらうらに照れる春日にひばり上り心悲しもひとりし思へば

（巻第十九・四二九二）

この歌は「春の日がうらうらとして、ひばりが鳴いていて、悲しい」という意味です。どうして、悲しいのか。聖武天皇は天武朝の天皇親政を理想とし、皆が平和に生きる大蓮華の世界を悲願とされていましたが、聖武天皇のまわりには既に藤原氏を中心とする官僚機構があり、天皇の親政が妨げられていました。

じつは中国の『詩経』に反逆の賊が平げられた時の詩があり、その詩を基にこの一首をつくったのです。大伴家持は、「風景は同じなのに、天皇の親政が妨げられていて本来の理想に適っていない」という思いを秘め、「春の日がうらうらとして、ひばりが鳴いていても、悲しい」と歌ったのです。

百年、百五十年、三百年単位で動いていく「国づくり」

ところで歴史的出来事の年数をみると、とても不思議です。『万葉集』最古の磐之媛の時代からほぼ百五十年後に雄略天皇の即位があり、その百五十年後に聖徳太子の十七条憲法制定があり、その百五十年後に『万葉集』編纂事業があります。さらにその百五十年後は、最古の勅撰集である『古今和歌集』が延喜五（九〇五）年に完成します。勅撰集とは、天皇または上皇の命によって選ばれた歌集です。『古今和歌集』は十七条憲法からほぼ三百年で完成し、『万葉集』はちょうど真ん中、百五十年前です。わたしは十七条憲法から三百年ということを意識して、『古今和歌集』をつくる動きになったのではないかと思います。

九〇五年に三百年を足した年、一二〇五年には『新古今和歌集』が完成しています。『古今和歌集』は『続・万葉集』という考えでつくられ、『新古今和歌集』は『続々・万葉集』という考えでつくられたと思います。その年代も、偶然とは思えません。

百年・百五十年・三百年といった節目に、何かが動いていくというのは、歌集のみならず遷都という国家事業にもみられます。七一〇年に奈良の都が完成しました。その百年後、八一〇年桓武天皇の皇子である平城上皇《へいぜい》が「奈良へ都を戻そう」と計画されます。七九四年に桓武天皇が京都へ都を遷しましたが、平城建都百年を迎え、奈良への還都の動きがあったのです。「薬子《くすこ》の変」と呼ばれる事件で、還都は沙汰やみとなりました。当時の都の人は、平城京建都から百年ということを強く意識したのではないかと思います。

ちなみに、藤原京ができたのは六九四年で、たった十六年の都でした。しかし藤原京建都の六九四年からちょうど百年後、平安京遷都が行われています。

また、八九四年に遣唐使派遣は停止されますが、その年も平安遷都百年の節目の年です。遣唐使廃止は、国風文化をつくるという第一周期の「国づくり」が安定期へと入ったことを意味します。聖徳太子の遣隋使派遣から約三百年という年です。最近「聖徳太子が実在しなかった」という人がいますが、史実かどうかは、それほど価値はないと思います。聖徳太子を日本人はどう思ってきたか、それが大切で、それに比べれば史実としての正確さは大切ではありません。

「聖徳太子の大半が伝説の衣に包まれている」と、まるで〝天ぷら〟のように表現する学者さえいます。よほど〝上等な天ぷら〟でしょう。美味しい素材を天ぷらにする、それがすばらしいのです。ちなみに聖徳太子は、すばらしい〝伝説の衣〟を二回つけています。一回目は天武天皇の時代において伝説の衣が多くつきました。さらに聖武天皇の時代に、聖徳太子は〝伝説の衣〟がつけられ、今の聖徳太子像ができています。それを正確な史実ではないと言うよりも、そのまま〝伝説の衣〟を含めて味わう方が良いのです。

日本人の原点となった〝和〟の理想

聖徳太子が和を尊ばれた最大の理由、それは日本人の理想、生き方が示されていることにあります。憲法十七条に〝和を尊ぶ〟という至上極上の最高の一語がありま す。それは後のち強く、日本人に影響を与えました。

「十七条憲法は国家公務員の服務規定みたいなものだ。あんなものはおかしい」という人がいます。しかし、「服務規定」が「倫理規定」と一体となっているところに、十七条憲法の価値があるのです。憲法は日本語の〝のり〟に当てた漢字でしょう。法という以外にも〝律〟〝則〟〝規〟といった人の生きる道のような幅広い意味をもっています。服務規定というと、「何時に出勤せよ」「タバコを吸ってはいけない」といったものですが、服務規定が倫理と一体になることで、規定は価値をもちます。人間としての良き生き方――倫理のもとに〝服務規程〟があるのです。

十七条憲法は六〇四年に制定されていますが、六〇三年までの日本は新羅と戦争状態にありました。派遣した将軍が戦死し、代わりの将軍を派遣します。しかし代わりの将軍は妻と共に出征し、その妻が播磨《はりま》の地で死にます。そこで将軍は「妻が死にましたから」という理由で、聖徳太子の任命に背いて全軍を都へ戻します。当時は私兵の要素が強いのですが、本気で新羅と戦うつもりはなかった証拠です。厭戦気分がみなぎっていたのでしょう。これ以上の戦争の泥沼化は避け、日本を立て直すため、その翌年の正月に十七条憲法ができました。

「和を以て尊しと為す」――十七条憲法のこの始まりの言葉は、後世に強い影響を与えました。

たとえば徳川家康もそうです。家康は江戸幕府をつくり、大坂夏の陣が終わった直後の元和元（一六一五）年に、戦争の時代に幕をおろし、平和な「国づくり」を目指し、様々な法令を出します。そのひとつ、『禁中《きんちゅう》並《ならびに》公家諸法度《くげしょはっと》』は十七条よりなっています。十七条であることは、聖徳太子の十七条憲法を意識したからです。「元和偃武《げんなえんぶ》」といわれる一六一五年からはじまる元和年間は、徳川幕府が安定し平和な国を実現できるかどうかの正念場でした。その時の政権要領に十七条憲法が意識されたことは、聖徳太子の後のちへの影響と言えます。争いの連鎖をやめるための法令、そこに聖徳太子の示した〝和〟の理想があります。日本国家の中で、この〝和〟の理想はずっと続き、今も続いているのです。

『古今和歌集』仮名序にみる「和歌の力」

聖徳太子の理想が第一周期の「国づくり」の指標となり、その理想をもって大蓮華蔵世界をつくろうとした聖武天皇の強い思いから『万葉集』編纂事業がはじまりました。

ところで皆さんは、「和歌を詠むことで、なぜ平和な世の中がくるのか」と疑問に思われるかもしれません。ですが、上皇は和歌のもつ力に、和歌のそれ以上の何か強いものをお感じになっています。

じつは平城遷都千三百年の記念式典が、二〇一〇（平成二十二）年十月八日、陛下のご臨席のもとに開催されました。わたしも参列しましたが、その後の祝賀会で、陛下とお話しさせていただきました時、『万葉集』についての話題になると、陛下が、「和歌には和歌以外の力がありますね」

とおっしゃいました。和歌には和歌以外の力があるというのは、わたしが日ごろから考えていたことで、感動しました。

皇室行事に「歌会始」があります。わたしも召人として献詠したことがあります。「歌会始」は何百年と宮中で続けられていた伝統行事ですが、明治になりまして、国民の声を聞きたいという明治天皇の思いから、誰でも参加できる今のかたちになっています。先の陛下の一言に、わたしは「陛下。昔の天子さまは和歌を以て、まつりごとを行っておられました」と申し上げました。「万葉時代」は、和歌の力を以て天下の平和も実現できると考えられていました。それは『続万葉集』ともいうべき勅撰和歌集である『古今和歌集』の仮名序にみられます。

やまと歌は、人の心を種として、万《よろづ》の言《こと》の葉とぞなれりける。世の中にある人、ことわざしげきものなれば、心に思ふことを、見るもの聞くものにつけて、言ひ出《いだ》せるなり。花に鳴く鶯、水に住む蛙の声を聞けば、生きとし生けるもの、いづれか歌をよまざりける。力をも入れずして天《あめ》地《つち》を動かし、目に見えぬ鬼神をもあはれと思はせ、男女の中をもやはらげ、たけきもののふの心をも慰むるは歌なり。
（『古今和歌集』）

これが要するに「和歌の力」です。「和歌の力」をもって、聖武天皇は天皇親政の理想を実現しようとしました。ただ残念ながら、『万葉集』を完成して平和な「国づくり」を実現しようとする試みは挫折しました。『万葉集』は未完の勅撰集です。ですから百五十年後、新たに宇多天皇、醍醐天皇の時代に勅撰和歌集の編纂が試みられたのです。未完となった聖武天皇の志をついで、世の中を平和にしていこうと考えたのです。その時も藤原一族が天皇親政を妨害しています。菅原道真も失脚しました。ですからわたしたちは、未完の『万葉集』から勅撰集の成果をみることはできませんが、『古今和歌集』を見れば、『万葉集』編纂の願いがわかってきます。「和歌の力」による〝和〟の世界の実現ということです。

四季の運行と恋歌

『古今和歌集』は四季の歌からはじまります。春（上・下）、夏、秋（上・下）、冬と並んでいます。四季は六巻をしめ、季節の流れに添って歌がのせられています。また、恋歌は五巻あります。

この構成は、天皇親政の理想である民衆の幸せと深い関わりがあります。民衆というと、とくに農民です。どのような条件で、平和で豊かな生活ができるでしょうか。それは、春がくれば春らしく、夏がくれば夏らしく、秋がくれば秋らしく、冬がくれば冬らしくということです。四季の自然な運行こそ生活の基礎です。英語では「シーズナブル」と言います。四季が四季らしい、それは日本のみならず、世界にとって平和な生活の基本条件です。昨今は異常な暑さ寒さで、これは政治が悪いということでしょうか。

そうならないために一所懸命、天子は祈ります。例えば「雨が降りませんが、雨を降らせてください」というように祈ります。「きちんと春が来、春が過ぎました。夏がきちんときて、夏が過ぎますように」と祈るのが、天子の徳というものです。天子はいつも四季の自然な運行を考え、祈ってくださるのです。雨が降りすぎたらやめてくださいと祈ります。風が吹くのも適当でないといけません。それを全部、実現しようとするのが天子の務めです。四季が自然に運行するそれぞれの「日」を知っている、これを「日知《ひじり》」と呼び、「聖」の字をあてます。カレンダーをよく知っている人です。四季の自然の運行を知る方が国民生活をリードする人で、これが「ひじり」です。

持統天皇に、

春過ぎて夏来るらし白たへの衣干したり天の香具山

（巻第一・二八）

という御歌があります。持統天皇がご覧になるところ、「わたしの政治はうまくいっている、シーズナブルに春が過ぎていき、シーズナブルに夏が来たらしい。そして民の生活はどうかというと、衣を干している。ああいい景色だな」という歌です。

持統天皇の直接の御作ではなく、天子の徳をたたえた宮廷歌人がつくった歌だと思いますが、持統天皇の御歌とすることで、持統天皇自身が自らの政治に満足され、またその政治がすばらしい聖天子の証だとしたのではないか。

「天の香具山」は「衣干したり」の主語ではありません。なぜなら「天の香具山」は別格の山です。天上から降ってきた神聖な山と言われ、国見という聖業を行う特別な山です。山裾には洞穴があり、天照大神がその中にこもるとされた天岩屋戸《あまのいわやと》もあると言われています。太陽がこもる山、別格の山です。

天の香具山に象徴されるこの大和の風土の中で、四季の運行が自然に続いていく治世が行われる。そのような世の実現を願い、『万葉集』は編纂されたのだということになります。

またもうひとつ重要な歌は恋歌です。その代表が『万葉集』開巻の第一首の、雄略天皇の御歌です。

籠《こ》もよ　み籠持ち　掘串《ふくし》もよ　み掘串《ぶくし》持ち　この丘に　菜摘ます児　家聞かな　名告《の》らさね　そらみつ　大和の国は　おしなべて　われこそ居れ　しきなべて　われこそませ　われこそは　告《の》らめ　家をも名をも

（巻第一・一）

これは若菜を摘む娘へのプロポーズの御歌です。「お前はなんという名前か。どこに住んでる。なんという家の娘か」と聞いているのです。『万葉集』は恋愛の歌から始まっています。若菜摘みは男性と女性が知り合いになるチャンスで、人気がありました。

天子が実現するべきものは、四季の自然な運行とともに、良い男女の関係でした。それが民衆の生活の安定の基礎であり、その実現は帝徳のあらわれです。

『古今和歌集』の仮名序には「鬼神をもあはれと思はせ、男女の中をもやはらげ」と、和歌による愛の交歓を述べています。天皇の政治の理想は、〝和〟の世界の実現にありました。

すでに述べました第二周期の「国づくり」の始まりのときに、宮中とはこういうところです、と書いた書類が順徳天皇によって出されました。その本の名前は『禁秘抄』といいます。これは宮中のしきたりを箇条書きにしたものです。

その中に天子にはどういう役割があるかを書いています。第一に「御学問のこと」と書いています。学問することが天子の第一の役割とする。

ところが第二には「好色の道、幽玄の儀棄て置くべからざる事」と書かれています。好色とは「いろごのみ」です。今では「お前好色だ」と言われて喜ぶ人はまずいません。しかし『禁秘抄』では、天子様は好色でなければならない、と書いています。「好色」とは心の優しさという意味です。色は親しみという意味です。「幽玄の儀」とは、神秘な内奥を知ることでしょう。この「好色幽玄」は和歌により養成されるというのです。「心優しさと奥行きの深さが天子には大切で、それを養うのが和歌です」と書いています。先ほどあげた、徳川家康の『禁中並公家諸法度』でも、天子は和歌をつくることが大切だと、そのまま受けとっています。

和歌が四季の美しさを詠み、恋愛を詠むものであることはすでに決定されています。恋愛をうたった和歌が尊重されるのは、人間の心に潤い、優しさを与えるからです。「優しい」とは「恥ずかしい」という感情です。相手を立派に思い、自分を恥ずかしいと思う謙虚な心持ちであります。

天子たる天皇は、国民にやさしい感情を与える存在であり、同時に治者としてシーズナブルな運行を実現することが大切な役割とされてきたのです。

国づくりと『万葉集』

天智天皇の皇子、志貴皇子《しきのみこ》の歌について少し注釈いたします。

明日香宮より藤原宮に遷居《うつ》りし後に、志貴皇子の作りませる歌

采女《うねめ》の袖吹きかへす明日香風都を遠みいたづらに吹く

（巻第一・五一）

采女は地方豪族から召された美しい女性です。飛鳥は風の強いところでした。采女の袖を今まで都であった飛鳥の風がひるがえしていたのです。が采女たちは、藤原宮遷居とともに明日香を離れていったものですから、今は「いたづら」に吹いているだけになりました。そこで注目したいのは「いたづら」です。この「いたづら」には「無用」という漢字をあてています。都ではなくなったから、ここには無用が生きているというのが志貴皇子の歌です。志貴皇子は無用の境地に、悠々と積極的に、己を美しく生き続けようとした人でした。

志貴皇子は、無用のものに美を感じる感性をもっていた人です。役に立つことだけが、人間の価値でしょうか。「俺は役に立たない」と自分自身をしかと想い定め、「美しいものを求めよう」というのは、非常に立派なことです。それが志貴皇子の歌にはあらわれています。

そのように志貴皇子という人は非常に優れた人ですが、天皇にはなりませんでした。しかし、その皇子が光仁天皇として即位されます。光仁天皇の時代に、『万葉集』

をもう一度つくろうという動きがありました。宝亀年間です。この計画の『万葉集』の巻頭に置かれていたらしい歌が次の一首です。

志貴皇子のよろこびの御歌一首

石走《いはばし》る垂水《たるみ》の上のさわらびの萌え出づる春になりにけるかも

（巻第八・一四一八）

「春になりにけるかも」とは立春のことです。『古今和歌集』も立春の歌から始まりますが、光仁天皇の父の志貴皇子、その御歌であるところのこの歌が、実は巻頭を飾ったかもしれないのです。それほどの名歌です。

もうひとつ紹介します。

ひさかたの天の香具山この夕霞《ゆふべかすみ》たなびく春立つらしも

右、柿本朝臣人麻呂の歌集に出づ

（巻第十・一八一二）

これは、柿本人麻呂歌集にあった歌で、人麻呂自身の歌とはいえません。「天の香具山」は、『万葉集』の持統天皇の御歌に出ていました。天の香具山に、この夕べに霞がたなびくのは立春の証拠である、という非常に重要な歌です。この歌を本歌としたのが『新古今和歌集』巻頭第二の歌、

ほのぼのと春こそ空にきにけらし天のかぐ山霞たなびく

です。八世紀に詠まれた『万葉集』の歌の伝統が、一二〇五年に完成した勅撰集に受け継がれている。それが勅撰集の伝統です。そう考えますと、元へ戻って『万葉集』が「国づくり」を反映してきたことがよくわかっていただけると思います。「国づくり」を進めるため、『万葉集』編纂を進めたのが、聖武上皇でありました。

聖武天皇は三つの制作で「国づくり」を進めました。

ひとつは、頻繁な海外との交渉です。遣唐使を送り、仏教文物を積極的に取り入れました。これはみごとに正倉院の御物として残っています。

二点目は仏教国家の建設です。象徴的なことが大仏開眼です。大仏はあれほど大きいのに、じつは等身像として造られました。当時の東アジアには帝王が自分と同じ姿のものをつくるのが流行っていました。聖武天皇はあれを造り、自らの「等身仏」として大蓮華の世を願ったのです。

三点目が『万葉集』の編纂です。大和言葉で心をあらわし、四季の自然な運行や優しい心を大和言葉で表現しました。

『万葉集』はこのように重要な国づくりの手段であったのです。

二、和歌と天皇

はじめに

歴代天皇は、和歌に深く関係してきました。

昭和二十年までは、天皇は大元帥陛下で、統帥権をもっておられて、最高の権威者でした。しかし、統帥権をもった天皇という存在は、和歌の中心である存在とはまったく違った、夢にも考えられないような状況ですから、これはちょっと間違ったとわたしは思っております。従って、天皇をもとの本当に伝統的な、日本を日本たらしめる、最高の統率者にお戻しすべきではないかということを、わたしは強く思っておりまして、折に触れて、時には直接「日本はロイヤルアカデミーをつくるべきである」ことを陛下にも申してきました。

ロイヤルアカデミーは、イギリスなどでは自然学の進展にたいへんな貢献をいたしました。ニュートンの学説もロイヤルアカデミーで発表されたものがもとになっておりまして、そういう学術の進展におけるイギリスのロイヤルアカデミーの力には、非常に大きいものがあります。日本もこれから文化国家をもって立国していこうという時で、特に「科学技術創造立国」という言葉が、今、国の方針としてありますので、天皇自らが率先してアカデミーを経営するというぐらいの体制を作るべきではないかと思っているのです。

ただ、そういうことを申しましても、皇室の費用はみんな政府が握っているのですし、そのあり方は全部、行政府で決めております。陛下ご自身に申し上げても意味がないのですが、そんなふうに考えるのも、多少、古典に関心をもち、和歌のことをいろいろ考えてまいりました結果です。そのことを今日はちょっとお話ししたいと思うのです。

「勅撰集」をつくった意味

皆さまは学生時代に「勅撰集」という言葉をお聞きになったと思います。天皇が自らの意思、命令によって歌集を編集するということですが、これがいったいどういう意味をもっているのか。考えてみれば、行政権の最高の立場にある人がどうして和歌の集などを編纂する必要があるのか。これはたいへん奇異なことです。「勅撰集」があるということ自体が、とってもむずかしいことがらなのではないでしょうか。

中国には欽定の辞書があります。皇帝の命令によって辞書が編纂されている。国の言語を秩序化し、それの便益を図るということは、支配者として最高の義務ですからあるのですから、これはわかりますが、和歌をつくることとは、別です。いってみれば、今、新年の歌会始に皆さんが和歌を献上して、陛下の前で披露いたします。わたしも平成六年に、召人として、和歌を差し上げましたが、あれなどにしても、世の中ではどうお考えなのか。単なるお正月のおめでたい遊びに過ぎないというふうにお考えかもしれませんが、実は歌会始の儀式は、十三世紀ぐらいから始まっている、ずいぶん長い歴史があるわけです。

ところが明治天皇以前は、民間から歌を募集するということはなかったと聞いております。明治天皇になって初めて、一般の民衆から、海外からまでも歌を募集することになったのですから、今のような形式の歌会始は、明治以来の産物です。これは何かといったら、明治天皇が国民の声を、和歌の形によって吸収しようという試みであったわけです。

明治天皇は日本の文明開化を進めた天皇で、もっぱら「脱亜入欧」という、ものすごいヨーロッパ化の時代であったかに思えますが、その半面、和歌というきわめて伝統的なものを、しかも庶民の隅々に至るまで、声として届けさせるということを考えました。つまり、和歌という器、和歌という言語形式を通して、天皇は国民の声、あるいは心を吸収しようとしていたのです。そういうものがあったうえで、「脱亜入欧」という先進技術を学ぶとか、文明を取り入れるとかということが、可能であったのであろうと思います。その流れの最初にあるのが「勅撰集」ですから、ただ単に趣味的に「勅撰集」をつくったのではないということになります。

『万葉集』はなぜつくられたのか

「勅撰集」という概念は、十世紀以降の概念ですから、『古今和歌集』以後の言葉としてはふさわしいのですが、それ以前にも、やはり同じような意思をもって歌集が編まれました。それが『万葉集』という歌集です。『万葉集』は「勅撰集」と銘打ってできたものではないのですが、孝謙天皇の命令によってみんなから歌を集め、それを『万葉集』につくったという記事が、十一世紀の文献に出てまいりますから、形はのちの勅撰集と同じで、天皇が皆に歌を集めることを命令して集めて、それによって『万葉集』ができたのです。

それではなぜそのときに、孝謙天皇が皆から歌を集めて『万葉集』をつくろうとしたのか。その意図がわかる記事が、じつは『万葉集』の中にあります。孝謙天皇の命令に応じて大伴家持という人が、自分の和歌や、古い和歌などを、何百首か天皇のところへ差し上げたのだと思いますが、その一番最後に書かれていたであろうと思われる歌が、『万葉集』に残っております。

うらうらに照れる春日にひばり上り心悲しもひとりし思へば

（巻第十九・四二九二）

「うらうらに春の日が照っている。その中にひばりが飛び上がりながら鳴く。それを見ていて、独りであれこれともの思いをすると、何か心が悲しい」という有名な歌です。非常に平和な風景でありながら、作者の大伴家持はなぜ悲しいのか。その正しい回答には、次に申し上げるような事情があります。

中国の文献『詩経』（出車《すいしゃ》）の中に、「春の日はうららに照っている」という部分と、「雲雀が鳴く」という部分が、同じようにあります。それを引用して、家持はこの歌をつくりました。そこまでは皆さんがよく言うのですが、それでは全体はどんな詩であろうか。次のような詩です。

天子がよく世の中を治めている。ところが、あるとき、北方の賊が反乱の軍を起こして国を侵略してきた。驚いて天子は各地に命令を発し、男たちを徴集する。村では男たちが戦いに行かなければいけないので、女は別れを悲しみます。父が出かける。兄が出かける。夫が出かける。そういう別れを女たちは悲しむ。そういうふうに歌っていきます。そして男たちは戦争に行き、そこで艱難辛苦に耐える。戦って命を落とす者もある。あるいは病に倒れる者もある。しかし、めでたく賊軍は平定されて反乱は収まって、男たちが村へ帰ってきた。そうすると、村には昔のうららかな平和な風景が戻ってくる。そういうところに、「春の日がうららと照っている」というのと、「雲雀が鳴く」というのがあるのです。

家持はその最後を歌の中に応用して歌をつくり、その全体を天皇のところへ持って行ったのです。つまり、反乱も収まって天子の政治がよく行われている。。そういう状態が、今、家持が望んでいる状態です。ところが、「心悲しもひとりし思へば」ということは、現実には天皇の政治がうまくいっていなくて、とかく世の中は乱れている。そのことを考えると、こんな平和そうな風景がかえって悲しいですね、という歌なのです。つまり、「今、世の中には反乱が起こっていて、天皇の政治がうまくいっていない。そのことをわたしは悲しむ」という歌を最後にして、家持はたくさんの自分の歌を差し上げた。それを編集して、ひとつの大きなアンソロジーができあがれば、結局、そのアンソロジーの意図するところは何かといったら、平和への願いです。きちんと政治が天皇の手で行われて、世の中が平和に治まることを祈願することが、和歌をつくることであったということがわかります。

和歌というのは、たとえば「好きだ」という意思を伝えるとか、「自然が美しい」ということを言うというふうに思っているのが普通ですが、そんなものではなく、歌というものの最終の目的は何かといったら、平和を手中に収めること。そのための道具が和歌をつくることであったのだ、ということになるのです。

遡りますと、日本でも古代には戦争に女軍《めいくさ》も出陣いたしました。昔は女たちも戦場へ行ったのです。何をしたかといいますと、神託を聞くのです。それをリーダーに伝えて、どういうふうに戦いを進めていくかを決めた。女性もまた戦闘員の一人なのですが、その女性たちが神の意思を何によって聞いたか。これは和歌の形によって聞くのです。和歌というのが人間と神様を繋ぐ言葉の形式なのです。従って、和歌は、非常に特殊な、崇高な言語であったのです。そういうものから始まっておりますから、和歌が特殊な働きをもっていたということもよくわかります。

大伴氏という一族は、歌にかかわる一族で、祖先の中に大伴歌という人名が出てきたり、大伴語《かたり》という人もいます。和歌は昔から神様と人間を繋ぐ言語であって、そういう崇高な、神聖な形式によって意思を固めたものが和歌の集であったのですが、それでは崇高な神の意思とは何かといったら、平和な、天皇を中心とした立派な政治の実現です。それが『万葉集』ですから、『万葉集』というのは、ただ単に無秩序に、無目的に歌を集めたものではありません。

『古今和歌集』から『新古今和歌集』へ

以上のことを証明するものが、次の『古今和歌集』や、『新古今和歌集』です。『古今和歌集』は九〇五年に醍醐天皇の下でできました。どうしてつくったのかというと、『古今和歌集』ができる前の時代は藤原氏の勢力が非常に増大して、せっかく宇多天皇が菅原道真を使って、親政の伝統に則った立派な政治をしようとしていたのに、道真は大宰府に流されてしまいます。それを仕組んだのは藤原時平。道真はしょせん学者ですから、学者が政治に入りますと、少なくとも歴史的には、みんな失敗しています。藤原氏はしたたかですから、天皇親政を実現しようとした学者の試みは、挫折するのです。その挫折した恨みをのんだ道真の志を受けて、次の醍醐天皇が紀貫之に編集させたのが、『古今和歌集』です。

従って、『古今和歌集』は藤原氏の勢力を排除して、天皇親政を実現しようとするときの志の結集だということにもなります。

そうなると、先ほどの『万葉集』と非常に似ております。『万葉集』は、それがただ単に一部の意思であって、全体のものにはなりませんでしたが、『古今和歌集』では、それがみごとに実現して、九〇五年に千首二十巻という和歌が、きちんとした格好でできあがりました。

それからずっと後になりますと、「勅撰集」がたくさん出てまいります。『後撰集』『拾遺集』『後拾遺集』『金葉和歌集』『詞花和歌集』『千載和歌集』があって、『新古今和歌集』というのができあがるのですが、これを昔は「八代集」などと習いましたでしょう。「ややこしい高校時代の国語の時間を思い出させないでくれ」とおっしゃる方もいるかもしれませんが、ちょっぴり思い出していただきたいのです。『古今和歌集』があって、間に六つあって、七つ目に出てきたものが『新古今和歌集』と言うのですが、たとえば新大阪という駅がございます。これは大阪があって、隣だから新大阪なのです。横浜の近くにあるから新横浜。ところが、間に六つも置いて出てきた歌集を『新古今和歌集』だと言うのです。JR東海で言いますと、六つぐらい駅があって、小田原の向こうぐらいに新横浜がなければいけないという格好になっている。おかしいですね。なぜかといったら、『新古今和歌集』をつくるということは、みごとに、『古今和歌集』をもう一ぺんつくり直そうという、『古今和歌集』のバージョンアップだということを物語っております。九〇五年に『古今和歌集』ができると、一二〇五年に『新古今和歌集』ができている。これは「ちょうど三百年になるから、この年にもう一ぺんやろう」と言ったのが『新古今和歌集』だということが、計算的によくわかります。

歴史の計算

歴史の計算というのはいいかげんではないのです。少し外れた話をいたしますが、平安京が七九四年にできます。なぜ七九四年にできなければいけないかというと、その百年前の六九四年は、持統天皇が藤原京をつくった年です。ちょうど百年たったので、その年を記念して平安の都をつくろうということになる。それに対して嫌だという人がいました。平城天皇がそうです。「平安京なんか嫌だから奈良へ帰ろう」と言って奈良へ戻そうとしたことがありました。それが八一〇年。その百年前は七一〇年。七一〇年は平城京をつくった年です。そういう歴史をちゃんと計算しながら、昔の人たちは政治を行ってきたのです。

和歌の集もつくりました。当時は藤原の一族が横暴をきわめていた。ちょうど三百年たって、一二〇〇年代になりますと、今度は鎌倉幕府が非常に力をもってまいります。そこでは北条の執権の手に握られて、またしても天皇親政の力が弱っている。それをもとにして、つくったのが、『新古今和歌集』だということになるわけです。

一二〇五年というのはどういう年なのかといいますと、その十六年後に「承久の変」というのがありました。後鳥羽上皇が隠岐へ流されるとか、順徳天皇が佐渡へ流されるとか、倒幕の計画が漏れてしまって、一斉に天皇家の人たちが流されてしまいました。その直前に『新古今和歌集』をつくっているのです。これも天皇親政を中心とした平和な時代の実現のために、『新古今和歌集』をつくろうと考えたということがよくわかる。そういうふうにきちんとできあがってまいりますので、和歌をつくるということが、ただ単に趣味的なものではなかったということがわかるのです。

このころ、仁王会《におうえ》というのがございました。仁王経を読む仏教上のお祭りのことですが、仁王経というのは、国家を護るお経なのです。皆が転読をして仏の功徳を願う。そういう集まりが仁王会ですが、これは天皇一代に一回だけ行うという決まりになっておりました。

ただ、「国家、国家」と言っておりますが、奈良時代における国家という概念は、われわれが言っている国家ではまったくなくて、王権という意味なのです。つまり、「国家を護る」というのは、「天皇権を護る」という意味です。そういうものとして仏教がみんなに支持されていた、奈良時代に起こった考えが、仁王経を読むことです。

国分寺というのがありますが、その国分寺に「金光明最勝王経」というお経が置かれました。「金光明最勝王経」というのは国家鎮護のお経ですから、天皇家を護るお経を、各国分寺に置きました。それぐらい各国に天皇家を護る宗教的拠点を据えました。これは聖武天皇の志ですが、それが国分寺の建設です。仏教を天皇親政の秩序に対して奉仕するものだと考えた。その最たるものが仁王会ですから、仁王会をやるということは、大きな天皇権の保護であったのです。

その天皇権を擁護する仁王会を後鳥羽上皇がやったのが、『新古今和歌集』をつくるときです。そしてまた倒幕の計画が漏れてしまって各地に流されてしまうときです。そういう天皇権のたいへんな危機の中で、『新古今和歌集』はつくられました。それぐらいに和歌の集をつくるということが、天皇にとってもたいへん大きな、天皇権を確立するための仕事であったということがわかります。

後鳥羽上皇の「承久の変」からほぼ百年たつと、後醍醐天皇という人が出てまいります。この天皇は南朝の天皇ですが、やはり「建武の中興」をもって、当時の幕府に対して天皇権を確立しようといたします。『太平記』などにそれが語られているのですが、そういうふうに天皇権をもう一ぺん取り戻そうとしたのが後醍醐天皇です。

醍醐天皇は『古今和歌集』をつくった天皇。それを継ぐので後醍醐天皇ということになります。醍醐天皇の一代前が宇多天皇。宇多天皇は醍醐天皇のお父さんですから、宇多天皇、醍醐天皇という流れの中で、『古今和歌集』がつくられました。それは天皇権を確実にするための作業であったのですが、十三世紀になりますと、後宇多天皇が出てきて、四代後に後醍醐天皇が出てくる。

常に宇多天皇、醍醐天皇が九〇五年の『古今和歌集』をつくったことを原点として、それから三百年後に『新古今和歌集』をつくる。そして四百年後には、後醍醐天皇が「建武の中興」を成し遂げようとする。そういう格好で日本の歴史は流れてまいりました。

『禁秘抄』の中の天皇の位置づけ

百年もとへ戻りますが、後鳥羽上皇と同じように佐渡へ流された順徳天皇は、「元和（偃武）法度」の中に出てまいります。順徳天皇もまたたいへんな天皇です。『百人一首』の最後の天皇ですから、順徳天皇のところに、和歌の大きな区切りがあります。

その順徳天皇が時の幕府に対して、『禁秘抄』という書物の名前になっておりますような文書を送ります。これは順徳天皇が宮中の諸事を明確にして、鎌倉幕府に宣言しようとしたものですが、まさに時代が公卿政治から武家政治に変わろうとしているときに、武家たちに対して、宮中とはこういうものだ。天皇とはこういう存在だということを、細かく書いて送ったのです。それが『禁秘抄』という本になって残っていますが、そこに天皇は何をすべきかというたいへん大事なことが書いてあります。これは護憲、改憲でもめております今日にとっても、もうひとつの大事なことがらですから、今、わたしは皆さんに、「どうぞご関心をお持ちください」という熱い思いを込めながら、一所懸命、お話をしているのですが、改憲問題に非常にかかわりのあることがらが、ここから出発いたします。

　結論的に申しますと、天皇は象徴だというのが平和憲法の最大のスローガンですが、「象徴」という言葉は使っていないのですけれども、まさしく「象徴」という言葉がふさわしいような天皇の位置づけが、『禁秘抄』の中に出てまいります。そして、さらに遡れば、十七条の憲法も平和憲法で、戦争終結の宣言なのです。今の平和憲法とまったく同じような状況の中から出てきたものなのですが、第一条は、「和を以て尊しと為す」から始まります。平和憲法のほうは、天皇は象徴だとあるので、そういうところに一貫した憲法の思想がありますが、その中で天皇とは何かというと、まず第一に天皇のすべきことは学問であると、『禁秘抄』の中に書いてあります。これは当然のことで、昔の政道を勉強せずしていい政治はできませんから、まさに伝統に根ざした天皇の仕事は、学問をすることだと書いてあるのです。

実は今日はひそかな願いとして、天皇はどういう立場をとるべきかということを、もっともっと皆さんにお届けしたいというのが、「和歌と天皇」という題なのです。わたしは政治的な発言をするつもりはありません。学問的な、「過去はこうです」というだけの話をいたしますが、とにかく「学問第一なり」と書いてあるのです。

その次に、天皇の仕事は和歌を詠むことだと書いてあって、そして、「好色の道、幽玄の儀棄て置くべからず」と書いてある。つまり、和歌とは何かといいますと、好色の道と幽玄の儀であると書いてあるわけです。「好色」という言葉は、今、どんな評価を受けているでしょうか。これはたいへん、価値の下がった言葉ではないでしょうか。ところが、天皇の役割は好色のことだと書いてあるのです。「好色」というのはそれぐらいのステータスをもっていた概念なのです。今は本当に嘆かわしいと思います。

それでは「好色」とは何かといいますと、「心の優しさ」です。「色」という日本語は、「カラー」であると同時に、「いろせ」とか、「いろと」という言葉があります。「いろせ」というのは、「親愛なる旦那さん」という意味。「いろと」というのは、「親愛なる弟」という意味です。何で「カラー」が「親愛」という意味になるのか。そのことを理解すると、日本語の意味がよくわかります。つまり、「親愛の情」というものを、美しい彩りだと考えるのです。確かに「親愛の情」をもっているお二人に出会うと、華やぎませんか。憎しみ合っている人間が会ったら、真っ暗ではありませんか。「親愛」というのは華やかなものだという認定が、日本語の中にはあります。そういう「親愛」というものを「色」という言葉であらわす。「色」という中国の字は、男女が重なっている格好ですから、まさにエロスの字です。それが「色彩」という意味になるのはなぜかといったら、「親愛の情」の一番の中心、愛の一番自然な根源の深いものは、やっぱり男女の愛でしょう。これはきわめてカラフル。その「色」が、「恋愛」になったり、「親愛」になったりするのです。

男女が心を通い合わせることでも、親に対する孝行でもいいし、君に対して忠を尽くすというのでもいい。すべて愛というものは心の優しさを基本としています。従って、和歌をつくるのは何かというと、「人間のもっている心の優しさを極めることです」というのが、この「好色」ということなのです。

人間にとって大事な第一の条件が「好色」。「心の優しさ」ですが、第二の条件として、「幽玄の儀」というのがあります。「幽玄」というのは本来神秘的な力というのですが、個人にとっては「奥深さ」という意味です。つまり、人格の奥行きの深さ。もうひとつは優しさ。こんな素晴らしい定義はないではないですか。人格の奥行きを養うものは和歌。それを表現するのも和歌。人柄の優しさを極めるのも和歌。それが和歌というのは好色、幽玄だということなのです。だから「棄て置くべからず」（ないがしろにしてはいけない）ということになるわけです。

そういうものをもっているのが天皇の仕事だというときには、天皇はやっぱり心の優しさを自分ももち、他人にもそれを訴える。人格としての奥行きの深さ、そしてまた人に対しても要求をする。これがわれわれのトップの人格として、仰ぎ見る人格であり、またトップに立つ人間とはそういうものであるというのが、好色、幽玄のことですから、和歌をつくらなければいけないということにもなってくるのです。もっと言えば、奥行きの深い人格とか、優しさをもっていたら、戦争など起こさない。反乱など起こさないというところに戻っていきます。従って、平和の希求ということは、心の優しさや人格の奥深さを表現するものであると考えている。そういうことを先ほどから歴史的にたどっていることにもなります。

元和「偃武」の法度

『禁秘抄』に戻りますと、「棄て置くべからず」というのがありました。そこに順徳天皇の和歌についての非常に大きな位置づけがあるのですが、もうひとつ次へまいりますと、徳川家康という人が、「元和偃武」と呼ばれるような内容の法度をたくさんつくりました。

徳川家康という人は、非常に「日本知」に長けていた人で、元和元（一六一五）年大坂夏の陣に勝ったのち、戦争の終焉を急ぎました。「偃武」というのは「武器を伏せる」という意味ですから、武器を捨てたのです。彼は法度をたくさんつくることによって、新しい政治を実現しようとしたのです。略称「禁中法度」、正確には『禁中並公家諸法度』というものをつくり、これによって天皇家に対するひとつの位置づけを与えようとしたのですが、これも十七条からなっていて、聖徳太子の憲法十七条に基づいた、同じようなものをつくろうとした、その第一条の書き出しに、「天子諸芸能のこと」とあります。まさにここから始まるということは、現在の憲法で天皇が象徴だということに基本的なラインを打ち立てるのと、まったく同じ形ですが、天皇のなさるべき諸々の芸能とはどういうものかが書いてありまして、「第一御学問なり」というのが最初の一行です。これは『禁秘抄』にもそう書いてある。家康が真似ているのです。それを分解して説明いたしますと、「学ばざれば則ち古道を明らかにせず、而して政《まつりごと》を能くし太平を致す者いまだこれあらざるなりとは、貞観政要の明文なり」と書いてあるのですが、まず学ばなければ、昔の立派な政治の道を明らかにすることはできないといいます。つぎに、「政を能くし太平を致す者」というのは、古道を明らかにせずして太平の政治ができたものはいまだにいない。そのことは、『貞観政要』という中国の書物にも、明らかに書いてある、というのです。

これに続きまして、「寛平の遺誡《いかい》に、経史を窮めずといへども群書治要を誦習すべしと云々」とあります。この「寛平の遺誡」というのも、またひとつ基準として挙げられているのですが、これは宇多天皇が亡くなる時に、次の醍醐天皇がまだ幼かったので、遺誡を残した。これが宇多・醍醐の時代です。そこに「経史を窮めずといへども群書治要を誦習すべし」とある。あらゆる教典とか、史書などを読まなくてもいいから、もっとそれをサマライズした『群書治要』を見なさい、というのです。

その次が本題です。「和歌は光孝天皇よりいまだ絶えず。綺語《きご》たりといへども我が国の習俗なり。棄て置くべからずと云々」と書いてある。和歌というものは、光孝天皇から以後、連綿として今日まで（十七世紀の初めまで）絶えていないと言う。光孝天皇も『百人一首』の中に出てまいります。「君がため春の野に出でて若菜つむわが衣手に雪は降りつつ」という歌の作者ですが、それ以来絶えていない。

また和歌というものは綺語である。「綺語」というのは、「ふざけた言葉」というような意味ですが、ふざけた言葉ではあるけれども、わが国の習俗であるから、捨てておくことはできない、というのが家康の文章です。これの基づいたものは何かというと、『禁秘抄』で、『禁秘抄』では、「綺語たりといへども」というところの上に、「好色の道、幽玄の儀」というのが入っているのですが、さすがに家康はそれを抜いております。家康の時代になりますと、「好色」とか、「幽玄」というのは、ちょっと手垢のついた言葉になってしまっているので、これをとってしまって、ふざけた言葉だといっても、わが国の習俗だから、捨てておくことはできないというふうに、天皇の役目を規定しています。

つまり、一二二一年にできあがった『禁秘抄』が、一六二〇年の家康の法度までの間、四百年たった時代に、また復活をしていることになります。こんなふうに徳川幕府になっても、『禁秘抄』の精神が受け継がれまして、天皇のすることは何かというと、学問と和歌だと、もう一ぺん確認をしている。そして、その次が今日に至った近代における和歌なのですから、明治天皇はここで再び「勅撰集」をつくってもいいのですが、それはいたしませんけれども、国民から歌を募って、歌会始をするということになるのです。

先に述べた「元和偃武」のころの天皇は、後水尾天皇（在位一六一一―二九）です。この方もたいへん、文芸に関心のあった方で、文化サロンをつくりました。そして『伊勢物語』とか、『竹取物語』など、いろいろな古典の講義をなさって、その筆記したものが、いま、残っております。たいへんな学者です。醍醐天皇、後鳥羽上皇は勅撰集をつくり、後水尾天皇は、文化サロンをつくって、同質の文化活動をしました。

天皇は行政のトップではなく、文化のトップである

そう見てまいりますと、天皇家がどういう立場にあったか、非常によく見えてくるのではないでしょうか。とにかく文化のトップであることがよくわかります。

話は明治の時代になってしまいますが、江戸に官軍が迫ってきて、明日にも

八百八町が一たまりもなく戦火になめられてしまいそうになったときに、勝海舟と西郷隆盛が会談をして、江戸を戦火から救った話は有名です。そのときに西郷さんは、「わかった」と言ってさっさと兵隊を会津のほうへ連れていってしまった。だから江戸には入らなかったけれども、その後はそのまま残されてしまう。慶喜は江戸を退去して蟄居しているのですから、主を失った脱け殻みたいな町が、焼かれないでそのまま残ったことになる。それでは江戸はそのままでいいのかといったら、そういうわけにはいかない。「慶喜が行ってしまったら、江戸は困る」と勝海舟が言ったら、「それじゃ、陛下をお連れしよう」と言ったのが、大久保利通でした。

そこで天皇は京都から江戸へ移りました。そうすると、中心がきちんとできたのです。要するに、江戸という町は、中心の権力に依存してできあがっているのですから、その中心が抜けてしまったら、依存できません。江戸が機能を果たせなくなる。そこまで責任をもたなかったのが西郷隆盛です。隆盛は焼かなかったというだけの話で、次に大久保利通が偉かった。「それじゃ」といって天皇をお連れして、勝海舟も安心した。

中心がなければ江戸の町が成り立たない。そのために天皇をお連れしたというのだったら、今度は京都の中心が空くではないですか。そこはどうするのか。島津でも連れて来るつもりだったのでしょうか。

ところが、天皇がいらっしゃらなくても、京都の町は成り立つのです。どうして成り立ったのかというと、これは天皇が文化的権威者だったから、という話なのです。これが商業上の機能をもって行ったとか、行政上の機能をもって行ったら、そういうわけにはいかない。それを補わなければいけません。しかし、文化的な権威者だったら実用的には要らない。つまり、陛下は文化の象徴だったことを、みごとに証明しているのが、京都の状況です。それぐらいに天皇は、長いこと、文化の中心であったのです。

この文化の中心であることを証明する事柄が、「勅撰集」をつくったということです。醍醐天皇がそう、後鳥羽上皇がそう、ということです。同じように、後水尾天皇はサロンという格好で、文化的な権威を保ったという話になってくるのです。

結びとして

こういう天皇権が日本にあった。そのために日本は、安倍晋三首相（第一期）がいった「美しい国」をずっとつくり続けてきたと言うことができます。「文学で飢えた子が救えるか」というセリフがありますが、肉体は養えない。しかし、もっともっと大事な心が養える。そういう文化を強力なリーダーが育て、充実することによって、国家は中心をつくるのです。そういう文化的なリーダーは絶対に必要だとわたしは思います。そのみごとな伝統が天皇家の中にあって、そのために今日の日本があるのです。

先ほどの「元和偃武」の少し前は、大坂夏の陣がありました。そのときに、豊臣側は朝廷に徳川と豊臣との仲介役を頼みます。ところが、家康は、「仲介などしてもらいたくない」と仲介を断ります。そのことでも、すでに天皇は政治上の立場をもっていないことがわかります。その後も政治を主導する立場にはなかったのですが、明治以降統帥権をもたされました。

そういうことから申しますと、天皇家の伝統をもう一ぺん、われわれ国民が認識をすることが、大事だと思います。

政治的な権力ではない文化のリーダーをもつことは、国家としてのステータスの高さを示しているのではないでしょうか。日本は、国家格を形成するものとして、天皇という地位を保有してきたのです。逆にいえば、天皇によって保有される文化的な国家格というものが日本にはあるのです。それを今日、もっともっと中心としていくことが、むしろ今の「美しい国へ」というスローガンに、一番、合うのではないかと思うのです。

そのひとつとして、天皇家が和歌とどのようにかかわってきたかを述べました。

三、現代に生きる万葉の心

愛を抱きしめる

「万葉の心」とは何か。四点ほど挙げたいと思います。

その第一は、「愛」です。二番目は「永遠なるもの」。これは時間的なもので、空間的に言うと「普遍なるもの」。三番目には宇宙生命体と呼ばれるような生命観。そしていずれとも関連することで、「豊かな想像力」、この四つが「万葉の心」と言えると思います。

まず最初は「愛を抱きしめる」ことです。例として二つの歌を挙げます。ひとつは、

あが恋はまさかもかなし草枕多胡《たご》の入野《いりの》の奥もかなしも

（巻第十四・三四〇三）

という歌です。

わたしは『万葉集』の中でこの歌が一番好きです。

わたしの恋、「まさか」、というのは「現実」という意味です。現実、現在、悲しいというのです。そして「草枕多胡の入野の奥」、これは「奥」というところにつづく表現ですが、「奥」というのは今は空間的な距離しか「奥」といいませんが、昔は時間も空間も同じように認識していました。両方とも遠いものが「奥」です。押入れの奥とか、「おき」というふうに発音が変わりますと、海上の遠いところ、「沖」となります。

わたしたちは時間のことを「とき」と言います。そして、空間のことを「ところ」と言います。「とき」と似ている「とこ」という言葉も時間をあらわす言葉です。むしろ「時間」という現代語に対応する概念は「とこ」です。「とき」というのは時刻に相当します。十二時だ三時だというのは「とき」です。「とこ」というと「時間」という抽象概念をあらわす言葉です。

その抽象概念をあらわす時間概念の「とこ」に「ろ」をつけると空間概念になるのです。それが「ところ」です。時間と空間というものを同じものと考えていた、これが日本人の本質的な認識です。時間と空間を縦軸と横軸と考えることと矛盾しませんが、本来同質のものと考えられていたことは存外に忘れられていないでしょうか。

松尾芭蕉は『奥の細道』を書きました。その冒頭に、「月日は百代の過客にして」とあります。月日というのは、永遠の旅人であるという意味です。旅人というのは空間の移動、月日というのは時間の移動です。ですから芭蕉自身が時間と空間は同じだというふうに言っているのです。これは中国の文章をまねているのですから、中国もそうであったのです。

さて、万葉の歌に戻ります。未来も悲しいというのがこの歌です。「まさか」、現在も悲しい、未来も悲しい、これがわたしの恋だと、言っているのです。

古代の歌というのは「草枕多胡の入野の」と具体的なものや形になぞらえて心を表現しました。ここでは草を枕とする旅と同じような言葉の「多胡」、群馬県の地名です。その多胡は入野がたくさんあり、山裾に野原が入り込んでいる奥が深い地です。そのようにわたしも悲しいという。

作者は、わたしの恋ってどんな恋だろうと考えた。すると、ああ、わたしの恋はかなしいなと思った。今悲しい。じゃあ、未来はどうだろう。未来も悲しい、というのです。それでは当然過去も悲しかったはずです。つまり、愛の本質は何かというと悲しさを感じる心だと、こういうことを言っているのです。キーワードは、「かなしい」です。

「かなし」とは何か。普通にはこれは悲しみ、悲哀のことです。

しかし「かなしい」というのは単なる悲哀ではなくて、そのものに対する愛情を出発点としています。愛があるかないかということを、悲しいと思うか思わないかで決めているのです。ですから、悲しいなあと思えば、すべてそのものを愛しているんだということになるのです。

花にしても、もしこれが枯れてしまって悲しいと思ったら、この花を愛していたのです。ですから愛の言葉として「かなし」という言葉が出てくるのは当然のことです。

残念ながら辞書では、「かなしい」という項目にありまして、「一、悲哀を感じること。二、愛すること。」というように書いてあります。ひとつの言葉であるということは、ひとつの内容ですよという証拠です。それを分類していくから、言葉がやせてしまうのです。こま切れの何かを食べていると、マグロのお刺身と同じで「マグロと言ったら何」と子どもに聞くと、お刺身を描くかもしれません。切り刻んだそのものが「マグロ」になってしまうのです。マグロというのはちゃんと生きて泳いでいるものです。

恋愛もそうです。ある男性なり、ある女性なりを愛します。そのときに相手をいとしく思うということは、実は自分がいとしく思っているのです。ということは、結局は自らの命がいとしいという、それ以外の何ものでもない。われとわが身の命へのいとしさ、これが愛を「かなしい」と表現させているのです。この「かなし」です。わたしの恋はどうだろう。ああ、かなしいなといったら永遠に、相手を愛し続けていく。そのときに自分の中にジワッとわき起こってくるような切なさ、わが身のいとしさ、それを「かなし」という言葉で表現しました。「かなし」という言葉は、実は、この時代、都の言葉ではなかったらしい。都会の言葉ではなくて草深い田舎にしか保存されていなかったような東国の言葉だったいへん生々しい、命への愛惜を表現した、切れば血の出るような言葉だったのです。だんだん血の出るような言葉を失う動きは奈良時代からすでにあります。つまり、文明という都市化がどんどん、そういう血の出るような言葉を喪失させていった。これはそのことから起こっています。

そういうなかで、東国にある「かなし」という言葉、それを取り上げてきたのは大伴家持です。その人がそれに注目して歌の言葉として使います。そのことによって『万葉集』の都の人間の歌の中に「かなし」という言葉が入ってきます。

血の出るような言葉としての「かなし」、それに中央の人間も共鳴いたしまして、それを使ったのです。この「かなし」という命への愛惜、それを愛の基本の言葉だと考えているのです。そこに万葉人の愛に対する基本的な認識があると思います。

もうひとつ、万葉時代の愛の根幹をなす言葉に「うつせみ」という言葉があります。

うつせみの常のことばと思へども継ぎてし聞けば心はまとふ

（巻第十二・二九六一）

無名の民衆の歌です。これは若い女性の歌だと思います。当然若い女性ですから、周りから、若い男性たちのプロポーズの言葉がたくさんくるのです。そのプロポーズの男性の言葉を聞いていますと、常の言葉しかいわないと作者は思う。「常」というのはスタンダード、標準という意味です。ですから、平凡でもあります。凡庸でもあります。

常の言葉ですから、だれでもが口にする平凡な言葉です。その平凡な言葉をもって、男性は愛をささやく。女性は、それをドキドキしながら待ち構えている。与謝野晶子が『源氏物語』を読みながら、光源氏のような人があらわれるかもしれないと思って店番をしていたという話があります。

ところが、あらわれた男性は、平凡な、つまらないことしか言わない。なかなか自分の心をつかんでくれるようなせりふを吐いてくれない。そういうつまらない凡庸な男性のプロポーズをこの女性は今受けています。

さて、そうするとどうするか、袖にしてしまう、「とっとと向こうに行ってよ」と言うかと思うと、「継ぎてし聞けば心はまとふ」というのです。繰り返し、繰り返し聞きますと心が迷ってしまう。それで何かスッとその男性に心がひかれていくような気分を感じる。どうせ、あんな人と結婚したって幸せになんかなれない、もう一生うだつが上がらない生活をしなければいけない。こんなせりふしか言えない男の将来はもう決まっている。しかし、繰り返し、繰り返し聞くと何か、あれ、もしかしたらこの人、いい人かもしれない。こんな平凡なことしか言えないというのが善良さ、人のよさをあらわしているのかもしれないと思うと、こういう人と結婚したほうが幸せかしら、というふうに心が迷ってしまう、そういう歌です。

ここで一番問題になるのは「うつせみ」という現実の世の中です。「うつせみ」という言葉もむずかしい言葉ですけれども、現実の経験というのが「うつせみ」だとわたしは結論づけています。現実の体験をする、その体験の中における常の言葉だというのです。平凡な言葉ですが、平凡ということに価値があるのではなくて、それが現実だという、「うつせみ」だという、そこに価値がある。

理想ではないけれど、大事なのは現実だという考え方です。

幸せにしてくれるのだったら、理想的な光源氏のような男ではなくて、この男のほうがいいのかもしれないという「うつせみ」感、これが彼らの愛の基本にあると思います。その「うつせみ」という現実感は、つまらないけれども、したたかで、確かです。たくましいのが「うつせみ」感です。

そういう現実の確かさというものの中に生きながら、わが身を限りなく愛している、これが愛を抱きしめる万葉人たちだと思います。そういうものをわれわれは今日に生かしていくべきではないかと考えます。

現代人は観念的に空想的に価値観を決めて、その中に全部序列をつけ、そのなかの最高のものに当てはまらなければ不幸だときめている。「かなし」などと思わないで、もっとどんどん結婚ができる。それがいいと決めてしまっています。

たしかに「かなし」は負だと思います。しかし、そのことが自分の生きる命の証明になって、内から響いてくるような命の反響、そういうものがこの歌のなかにはあります。これも、万葉の心です。

永遠なるもの、普遍なるものへの信頼

「永遠」とか「普遍」、これは現代では流行らない言葉です。

時代をわれわれは古代とか中世とか、近代とか現代とかいろいろ分けますけれども、古代的なるものは何か、一言でそれを言えといったら、やはり「永遠なるものへの信頼」、これが古代性です。

「永遠なるもの」を現代のわたしたちはことごとく遮断しています。「とこ」という時間の概念の中で「とき」というものばかりを重要視している。時刻ばかりを気にして時間というものを気にしていない。日本の言葉でいうと「とこ」を大事にしないで「とき」ばかりを大事にしている。そのほうが聡明なのでしょう。賢い、す

ぐれている、価値がある、それが現代です。

要するに切り刻むことで、すべての実態がわかる、正確に把握できると考えたのが、今まで進歩してきた自然科学の方法だった。自然科学を自然科学たらしめた近代の輝かしい達成点、これは何かといったら、分析することにありました。総合することにではなくて分析することで、われわれは確かな実態をつかみました。ウイルス菌でも何でもそうです。新しい近代文明は、そういう価値観の上に築かれました。

しかし、そのことによって大きく失っていったものがある。それが「永遠への信頼」の喪失です。世の中には永遠なんてない。人間だって生きているのは五十年にすぎないと決める。

普遍にしてもあまねく亘るというものはない。日本は日本、中国は中国と、みな区切ることですべてが成り立っていると考えて、もっと大きな距離観、大きな時間軸というものをどんどん忘れてきました。

例えば、「永遠」を古代人が信じた例を言いますと、フリギアという国が昔トルコにありました。そのフリギアは、王様が馬車、馬車というのは当時戦車です。戦車を神殿の柱に結び付けまして、この紐を解いたものがいたら、フリギアの王になるであろうと宣言しました。すなわち王のしるしとして戦車をつなぎとめる、そのつなぎとめる力は永遠だと言ったのです。この結び紐の永遠性というのは、例えばケルトの組み紐模様などにも出てきます。ですから非常に古代的なものです。

そこにアレキサンダー大王が来て、一刀のもとにバサッと紐を切ってしまった。アレキサンダーのなかに芽生えていたものは、非古代的なものです。これは力をもって切断するということです。力によって何が切断されたかといったら、心が切断されたのです。永遠だと信ずることはあほらしい、とわれわれは考える。信頼など幻想かもしれない。

永遠など信じていたら生きていけないというのが現代だと思います。そういう点でいうと、古代には永遠性への信頼にあった。そのことで心が豊かであった。みずみずしい命があった。

生命というのは恐らく、自然科学的な肉体を指す近代の概念だと思いますけれども、そういうものとは違うものが古代人にはありました。「いのち」というものは、ただ単に有限の命、生命というものを超えた、もっともっと永いものです。まさに永遠に続くものです。それが「命」ですが、万葉では「たまきはる命」という言葉で言いました。

たまきはる命は知らず松が枝を結ぶ情《こころ》は長くとそ思ふ

大伴家持（巻第六・一〇四三）

「たまきはる」という言葉はすばらしい言葉でして、「たま」は霊魂です。「きはる」、これは現代語でいうと「きわまる」という言葉です。霊魂がきわまるものが命だと、そう考えている。

「きわまる」とは何か。他動詞でいうと「きわむ」、自動詞でいうと「きわまる」です。「道をきわめる」、「学業をきわめる」といいます。反対に「業を終える」は、卒業です。「終える」、終わりというのは具体的に終点があります。「きわむ」「きわまる」というのは、無限に近づくということです。しかし終点に行けない。どこまで行っても終わらない無限大という概念です。永遠に続く、終わりがない。それが「きわまる」です。

「道」には、終点はない。華道だの茶道だの、柔道だの剣道だのの「道」です。道はきわめる、無限の彼方の終点に向かって向かい続ける、しかし到着はしない。これが「きわまる」という言葉です。そういう無限の魂をもったものが命です。

それでは古代人の「生命」というのはどう考えていたのかというと、肉体の変化、それをあらわすのが「死」という字です。歹《かばねへん》の横に「匕」という字を書く。これは「化」のつくりです。ですから「かばねが変化する」、身体が腐乱し白骨化するというのが死です。そういう中国の言葉が日本に入りました。日本語になると「ぬ」を付けて「死ぬ」という動詞をつくりました。ですから「死ぬ」という単語は、日本語のなかでは新しい言葉です。古くは「死ぬ」という概念を日本人はもっていませんでした。

では、古代人は死以前にどう考えているのか。古代人は、何によって死を認定したのかというと、二つです。

ひとつは、生きていることは息をすること。ですから呼吸停止、これは今の現代医学の「死」と同じように、「死」です。もうひとつは何かというと、今は脈がなくなり瞳孔が開くことですが、そうではなくて、魂が離れることです。離れることを「かれる」、古くは「かる」と言いました。だから魂が離れていくと、命は終わりです。呼吸停止と魂の離脱。この二つで「死」だと考えていた。

ところが、中国から死という概念、肉体の変化という概念が入ってきます。ボディが変化してしまうものですから、もう霊魂が宿りようがないのです。肉体があれば、ただ単に離れているだけで、再び霊魂は戻ってきます。

もちろん肉体の腐乱を古代人たちは知っていました。しかし、それは肉体が変化するだけで、なくなるものだとは考えていない。その証拠が『古事記』のヨミの国の神話にあります。ところが多分これは六世紀のころだと思いますが、肉体の変化という概念が中国から入ってきました。

ですから、今まで認定していた二つの「死」の認定が三つになったのです。

そう考えますと、本来の命は永遠に続くものです。しかし、命というものは自分で左右できないものだと考えた、これが「たまきはる命は知らず」です。

それではどうしたかというと、「松が枝を結ぶ情は長くとそ思ふ」という。われわれは、信念、あるいは信仰のなかにしか頼む力をもっていないというのです。命の永遠は頼むものです。われわれはそれをコントロールすることができないのです。

そして、そのためにはどうしたらいいかというと、「松が枝を結ぶ」、松の枝を結んで永遠を願う。「結ぶ情は長くとそ思ふ」というように、永遠であってほしいと思って松の枝を結びます。

「結ぶ」というのは「生産する」という意味です。結びの神は生産の神様です。ですから、縁故を結んで結婚するのは、新しい命を生産させるということです。紐と紐とを結びつける、これも新しい命をそこに生産させる。例えばいまでものし袋に水引を結んでさしあげます。新しい命をそこに生産させて新たな祝福をいたしますというのが、あの水引を結ぶという行為で、今日、残っています。「結ぶ」というのは生産であり、結合であるという、そういう概念が古代人にはあった。

おみくじは、ちゃんと枝に結びつけておかないといけない。つまり、そのおみくじの力をもって新しい命をお祈りして、結びつけるというのがわれわれのおみくじに対する、千年以上にわたる考え方です。

いまその「結ぶ」気持ちは何かといったら、命がどうか長くあってほしいと思うことです。最初の歌に比べて、ちょっと冷めております。これはやっぱりインテリの悲しみでしょう。奈良時代にもこういうインテリがいました。

うらさぶる情《こころ》さまねしひさかたの天《あめ》のしぐれの流らふ見れば

長田王（巻第一・八二）

長田王の作と書いてありますけれども、本当は作者がわからない歌ではないかということが、『万葉集』自体に書いてあります。そのほうが正しいと思います。「ひさかたの天のしぐれ」、流れるように降ってくる時雨、冷たい雨のことです。自分の「うらさぶる」心がひたひたとわが身に満ちあふれる、「さまねし」。これは「まねし」という言葉に「さ」がついたものです。「あまねし」いう言葉がありますが、ここでは「さまねし」といっております。厳かに満ちあふれるというのが「さまねし」です。空間をひたひたとひたす、この普遍なるもの、それがうらさぶれた気持ちです。「うらさぶる」が大事な言葉になりました。「うら」というのは心ですが、その心が「さぶる」というのです。この「さぶる」という言葉、もっと短くいうと「さぶ」です。

鉄がさびます。包丁がさびたりナイフがさびる、あれも同じです。乙女が乙女らしくなることと包丁が酸化することがイコールだというのが日本語です。

ですから、ああ、寂しいなと思ったら、包丁が酸化したのと同じような状態になっているのです。しかし、それが価値だというのが日本人です。「わび」とか「さび」とかをお茶などでも、あるいは能などでも尊重します。この「さび」という美学が日本人の特徴的な美学です。

「さぶ」というのは「そのものになる」ということです。「さ・ある」、「さ」というのは「そう」という意味です。「さようでござんす」の「さ」。「そうある」というのが「さぶ」です。

「神さぶ」というと、いかにも神様らしくなること。つまり、そこには虚飾がない。いたずらに虚しい飾りがない。そのもの自体である。これが日本人の価値観です。白木づくりは、日本の伝統です。それこそが価値だ。年寄りの冷や水はだめなのです。年寄りは年寄りらしく自然な水を飲む。あるいは乙女は乙女らしくなる。この徹底した純化、ピュアになり続けるという気持ち、徹底的な純化というものに置いた価値、これはひとつの現代文明に対する警告です。

「さぶ」というと、もう何もなくなってしまう。自分の中に、野心もない、希望もない。また絶望もないんです。何もない、「さぶ」、そういう心がずっと満ちあふれてくるというのです。わが身ももちろん、天地森羅万象に全部満ちあふれます。自分の体が万象と一体になるのでしょう、「天のしぐれが降るのを見ると」そうなるというのです。

この二首の中では、永遠なるもの「たまきはる」、普遍なるもの「さまねし」、これがキーワードだと思います。「たまきはる命」「さまねき心」が空間や時間に対するひとつの基本的な認識の仕方です。これらいずれも、現代人が遠く離れてしまったものだとわたしは考えます。

宇宙生命体の発想

雁がねの初声《はつこゑ》聞きて咲き出《で》たる屋前《やど》の秋萩見に来《こ》わが背子《せこ》
（巻第十・二二七六）

「雁がね」は雁そのものです。最初に飛んできた雁の声、それを聞くと自分の家に植えてある萩、その花が咲き出したというのです。ですから、どうぞ、あなた見にきてくださいという一首です。

萩の花はなぜ咲いたか。雁の声を聞いたからだというのです。萩は耳をもっているという歌です。そんなことはない、これは修辞だというふうに今までは言ってきました。幸せなことに、そうではないことを自然科学が解明してくれています。

例えば、植物はモーツァルトを聞かせるとみごとに花を咲かすといいます。ハサミを持って近づくとギュッと細胞が縮むという実験もあります。つまり、目に見えない、言葉を発しない植物でも、こういう生理をもっている。そういうわれわれと違った、音のデシベルのなかでちゃんと音が聞こえている。それをいち早く発見したのが万葉人です。

これは宇宙がひとつの生命体としてつながっているということではないでしょうか。レトリックでも何でもないのです。

宮本輝の作品に『螢川』という小説があります。『螢川』は、四月末ごろに立山に雪が降る、そうすると夏、神通川の分流に蛍がたくさん発生するという話です。言ってみれば雪が蛍に化けるという話です。芭蕉には、吉野の桜が石山の蛍になったという句があります。こんなのは文学的な嘘だとお考えかもしれませんけれども、考えてみれば、立山から流れてくる水、これは雪消水《ゆきげみず》を常にたたえて流れ続けるのです。そうしますと、雪がたくさん降ることによって起こる川の状態、その変化が当然あるのです。それが蛍の発生に好都合だということは当然あり得ることです。非常に自然科学的なことです。だから、それを、文学の中の幻想だと言うことはできない。

これも、ちょうど雁が飛んでくる、その天候の判断と、恐らく萩が花を咲かせるという状況の判断が一致するのでしょう。カジカだって、一定の湿度と明度とがないと鳴きません。すべて同じです。

われわれもそうです。雨が降るとリウマチがうずくとか言います。天候と健康というのがもう一体になっているのです。そういうものが宇宙生命観です。

君が行く海辺《うみへ》の宿に霧立たばあが立ち嘆く息《いき》と知りませ

（巻第十五・三五八〇）

これは新羅へ使いにいった夫を送った妻の歌です。遣新羅使の夫が船に乗って瀬戸内海を行きます。そして、夜港にとまります。そのとまりの空に夜霧が立つでしょう。そのときは、夜霧こそわたしが思わず長く息をついてしまう、そういう嘆きの息とご承知くださいというのです。つまり、留守宅に残された妻が嘆きますと、その息が旅先の港の夜霧になるというのです。

われわれとしては、いいかげんな表現上の技巧ではないかと思ったりします。しかし、そうではなくて、非常に密接に関係があるという証拠をいろんなところでわれわれは見せつけられます。

早い話、この「霧」という字には雨かんむりがあります。この雨かんむりの下に「云」という字を書きますと「雲」という字になります。要するに、息が天上に上ったものが雲だという中国人の考えです。だから万葉人だけが変なことを考えているわけではありません。

あるいは、雨になると、「だれだ、心がけの悪いやつは。おまえがいるから雨になったんだ」などと言います。要するに、心がけの悪い男がひっそり隠れていて、それが変な呼吸をする。そうしますとそれが空に上りまして、迷惑な雨となって降ってくるという、そういう話ですからわれわれも日常生活的に万葉的な世界観を口にしながら生活しています。それは冗談だと思っているのでしょうけれども、実はそうではなくて、やはり、われわれの命は深い深い自然の一部として営まれているのだということです。これが非常に大事な認識ではないでしょうか。

ターミナルケアの中で俳句をつくるのはどうですか、ということを提言したことがあります。俳句というのは、宇宙生命を感得するわざです。ですから歳時記の中に自然がいっぱいあります。天地自然の変化、現象に対してわれわれはどう気持ちを抱くかということです。俳句をつくることで、ちっぽけなひとつの個人の命にすぎないものが宇宙化するのです。

木村資生《もとお》さんというすぐれた科学者は、四十六億年前に地球ができ、地球の歴史はずっと今日まで続いているのだけど、近代といわれる今日を午後の十二時として四十六億年前を午前〇時としたら、近代の始まりはいつになるのかといったら、終わりになる二秒前、それが「近代」と呼ばれる時代、産業革命以降の時代だといいました。宇宙の生命に比べると人間の命はほんとにわずかなものです。

このように大きく宇宙の中に生命体をとらえる発想、これが『万葉集』の中にははっきりとあらわれているのです。

もちろんほかに同じような歌もたくさんあります。死者を葬った山に霧が立った、これはわたしの嘆きが風となって立ったんだろうという歌も山上憶良という人はつくっています。宇宙生命体というものをわれわれはもういっぺん考え直すべきではないかと思います。

想像力の豊かさ

玉津島磯の浦廻《うらみ》の真砂《まなご》にもにほひて行かな妹《いも》が触れけむ

柿本朝臣人麻呂の歌集（巻第九・一七九九）

これは柿本人麻呂の歌集の中の歌です。和歌の浦の玉津島ですが、その浦廻に砂がたくさんあります。その砂にわたしは美しく彩られていきたい、「にほひて行かな」。「にほひ」というのは美しく彩ることであります。わたしは体を美しく彩っていきたいな、なぜなら、その真砂、砂には妹が手を触れただろうからというのです。「妹」が以前ここ玉津島に来ました。で、ここで遊んだという事実がある。そこで多分妹が砂に手を触れただろうと思った。いまこの妹が亡くなっています。だから亡くなった妹をしのぶ歌です。

例えばこうしてわたしはペットボトルを持っておりますけれども、妹がこのペットボトルに手を触れた、だからこのペットボトルによってわたしは輝いてこの場から去っていきたいと言っているのです。砂が彩りをもっていて人間を染めるというのです。「にほふ」というのは「美しい彩り」ということです。

近代の歌人の石川啄木は、「いのちなき砂のかなしさよ／さらさらと／握れば指のあひだより落つ」と言いました。この近代の歌人によると、命がないのです。ところがこちらは命がないどころか、あの無表情な砂には命があって、彩りが美しいのです。なぜそう考えるのかというと、妹が手を触れたからだというのです。手を触れるということ、そのことによってそのものは妹とイコールになるということになるのです。

これは近代ふうにいうとイマジネーションですね。砂にまで彩りを与え、命を与えるという、この万葉の豊かな想像力。しかし古代ではそれは修辞ではなくて、流転する命そのものの「想像力」。これが今日あれば現代人の心はもっともっと豊かになるのではないでしょうか。

第四章　万葉力

一、万葉集の影響力

最初の国書として

よく話題になる「漢籍《かんせき》」とは中国で作られた書物である。だからもちろん漢字、漢文で書かれている。

そこで当然、対照的に日本語で書かれた書物のことが、問題になるだろう。近ごろよく耳にする国書とよばれる書物が、それである。

では国書は、いつどんな形で始まるのか。

漢字・漢文で書かれたものが「漢籍」なら、仮名で日本の文体で書かれた書物が

「国書」ということになる。

そうなると、『古事記』も『日本書紀』も、さらには六国史もすべて国書でなくなる。『風土記』も『日本霊異記』もだめだ。

すると『万葉集』が浮上する。これは、紛れもなく和歌を日本の文体、仮名によって記した書物だ。仮名とはいわゆる万葉仮名とよばれる宛て字の漢字で、表わされている。

ただ、和歌を集めた『万葉集』には、その和歌のできた事情も書き加えてある。それは散文だから、漢文の文体である。そのように、漢文の補助はあるが、まずもって、日本語を日本の文字の仮名で書いた第一号が『万葉集』だった。

ただ『万葉集』は全二十巻が一度にできたわけではないから、最初の国書の成立を、何時《いつ》ということはできない。しかしこの表記にもっとも熱心だった人は、大伴旅人（六六五〜七三一年）である。

この度、元号で話題になった『万葉集』（巻第五）の梅花の宴における表記をみると、後につけ加えられた和歌を加えた全三十八首がことごとく仮名書きである。

すべて、旅人の表記とみられる。

のみならず、この大宰府における宴会の和歌だけでなく巻五の全体にその傾向があるのは、大宰府の文化圏が、のちの仮名文化圏の先がけだったことも、示しているだろう。

もちろん当時の日本文化は、強く中国文化の影響を受けていた。とくに九州大宰府は中国文化受容の最先端基地であった。

そこが日本ふうの先がけであったことは、矛盾するようだが、むしろ必然的な現象だろう。

それだけ異国意識も強く、それなりに自国化の意識も強かったと思える。またその統率者・大宰帥《だざいのそち》だった旅人自身が、先見の明をもつ知識人であった。

そしてこのことは、漢文の書き方においても、外来文化を十分受け入れ、その中に自国化を試みる精神のあり様を示すというべきだろう。

わが国最初の典籍が、このように作られていったことは、十分理解できる。

後世の和歌をリード

国書の出発をかざった『万葉集』は、後のちの和歌や歌人の継承するところとなり、尊重された。

平安朝文学の先がけとされる『伊勢物語』の主人公「昔男《むかしおとこ》」は、在原業平《ありわらのなりひら》（八二五～八八〇年）だと思われるが、その原型の一つに、万葉の歌人・大伴家持像があった。

たとえば、大伴家持は越中にあって国府近郊の布勢《ふせ》の水海《みずうみ》で遊び、友人たちと歓を尽くした後に帰途、次のように一首をよんだ。

還りし時に浜の上に月の光を仰ぎ見たる歌一首

渋谷《しぶたに》を指してわが行くこの浜に月夜《つくよ》飽きてむ馬暫《しま》し停《と》め

（『万葉集』巻第十九・四二〇六）

渋谷へとつづく長浜に馬をはしらせている時、彼は海上にのぼろうとする月を発見した。その光景に打たれた家持は馬上に手綱をたぐって馬をとどめ、存分に月を満喫しようと、みなによびかけた。

この「月夜に満足したい」という風雅の満喫は、後の『伊勢物語』における惟喬《これたか》親王を中心とする昔男たちの酒宴を連想させる。

すでに十分酒宴に興じ、歓はてようとした時に、業平は、

十一日の月もかくれなむとすれば、かのむ馬《ま》のかみの、よめる

飽かなくにまだきも月の隠るるか山の端《は》にげていれずもあらなむ

（『伊勢物語』八二段）

と歌った。これまた、月夜を惜しんだ一首である。

業平の風雅の好みは、家持の風雅の好みを継承するものだと、いっていいだろう。

王朝のみやびは、『万葉集』の遊びを手本とするものであって、両者は別々の存在

ではなかった。
ただ、ここには文献としての『万葉集』と『伊勢物語』の関係を確定することはできない。いわば大きな風雅の流れというべきだが、さらに具体的な、意図的な後世への伝承も見られる。
『古今和歌集』を代表する紀貫之は、こんな一首をとどめている。

春の歌とてよめる　　貫之
三輪山をしかも隠すか春霞《はるがすみ》人に知られぬ花や咲くらむ
（『古今和歌集』巻第二・九四）

三輪山には春霞に隠されている花があるだろうという歌だが、この歌を見ると、誰でもが『万葉集』の有名な一首を思い起こすだろう。

三輪山をしかも隠すか雲だにも心あらなむ隠さふべしや
（『万葉集』巻第一・一八）

都が大和から近江へ遷《うつ》った時の額田王《ぬかたのおおきみ》および井戸王《いのへのおおきみ》の和歌とされる有名な長歌の、その反歌だが、貫之はこの一首の上の句を用いて、山に隠された霞の中の花をよんだ。

地下水脈として

このように『万葉集』の歌は、後のちの時代まで歌をリードしつづける力を有した。

『古今集』は『万葉集』の歌は採集しなかったといいながら、事実として『万葉集』はこのように広く力を後に与えつづけたのであった。

このように『万葉集』が後のちまで力を与えつづけることは、じつは今日《こんにち》まで変らなかった。その全貌を語ることは紙幅が許さないが、平安時代をもう少し下るところまで見ても、その姿は明瞭である。

その一例は、平安時代後期の、源俊頼《みなもとのとしより》（一〇五五〜一一二九年？）の和歌によっても、知ることができる。

そのことをわたしは、すでに『万葉の世界』（一九七三年、中央公論社）で「抒情の源泉としての万葉集を捉えておくべきである」といったことがある。源俊頼の『散木奇歌集《さんぼくきかしゅう》』の編集などの野心的な試みもその一つといえるが、歌に使われている単語に即しても、こんな具合である。

信濃《しなの》なる須我《すが》の荒野《あらの》にほととぎす鳴く声聞けば時すぎにけり

（『万葉集』巻第十四・三三五二）

に対して、

信濃なる須我の荒野に住む熊のおそろしきまでぬるる袖かな
（『散木奇歌集』）

いわば『万葉集』は優美を事とする王朝和歌のアンチテーゼとして、不可欠な役割を果たしつづけたといってよいだろう。アンチテーゼをもつことによって、テーゼは確定する。

その様は『万葉集』が次代の王朝和歌へのスプリングボードとしても用いられたり、次のように乱世の源実朝《さねとも》の歌風ともなったといえる。

大海の磯《いそ》もとどろに寄する波われて砕けて裂けて散るかも

山はさけ海はあせなむ世なりとも君にふた心わがあらめやも
（『金槐和歌集』）

など実朝の歌が驚くべき力をもったのも、その一つである。

まるで『旧約聖書』の出エジプト記での、海の割れる寓話をまで思い出させるほどで、これも『万葉集』などへの古代的《アルカイック》な思慕に他ならない。かのルネッサンスのアルカイック思慕のような。

この流れはさらに続いて正岡子規らの近代短歌の改進にも及ぶが、要するに『万葉集』の力は、乱世を迎えると汲みだされる地下水脈のごとくだと、譬えられるであろう。

当今令和の世にもなお、その力を復活させたいとわたしは願っている。

二、「令和」と万葉集

「令和」に込められた『万葉集』の一節

四月一日、政府は「平成」に替わる新しい元号「令和」を発表しました。四月三十日には前天皇が生前退位し、五月一日には皇太子が新天皇に即位、新しい時代の幕開けを迎えます。

本稿では、一人の国文学者、とりわけ人生を通して『万葉集』を読み解いてきた研究者として、「令和」についてのわたしの意見を申し述べたいと思います。

「令和」の二文字は、『万葉集』にある以下の一節から「令」と「和」が取られました。

初春《しょしゅん》の令月《れいげつ》にして　気淑《よ》く風和《やは》ぎ　梅は鏡前《きゃうぜん》の粉《こ》を披《ひら》き　蘭《らん》は珮後《はいご》の香《かう》を薫《かをら》す

これは大伴旅人らの三十二首の「梅花の歌」の序文です。「令月」とはもともと陰暦の二月を指す言葉ですが、大伴旅人は日本の風土に照らして、一月と読み替えました。現代を生きるわたしたちにとっては「新しい時代が始まる初春の月」とでも言い換えられるでしょう。

これまで日本のすべての元号は漢籍《かんせき》（中国の古典）をもとに考えられてきました。「令和」は歴史上初めて、漢籍ではなく国書《こくしょ》（日本の古典）からつけられた元号です。

そもそも元号は中国で皇帝の統治を表現したものとされています。その理念を二字に込めるのでしょう。すると漢籍の文字を、しかも儒教の経典から採用することは中国儒教の理念を日本の天皇が理念とすることになってしまいます。

日本が中国から冊封《さくほう》（皇帝の命令書である冊書をもって爵位《しゃくい》を与え、封建《ほうけん》すること）を受けていた時代にはそれもあるかもしれませんが、今や近代国家として日本は近隣の独立国ですから、日本は日本で政治の根本を定めることが当然でしょう。明治以降一五〇年遅れましたが、やっと「元号冊封」から自立することができました。

令《うるわ》しく平和に生きる日本人の原点である『万葉集』が典拠となったということは、個人的にはまことに喜ばしいことだと思っています。一部、この典拠を中国の『文選』「帰田の賦」などと見る向きもありますが、旅人の読み替えに照らしても明らかに日本化がなされており、「出典」とするのは当たらないと私は考えています。

古来、改元を行う際には、まず文章生《もんじょうしょう》と呼ばれる知識人が、古典やさまざまな文献を調べ、元号の候補を朝廷に勘申《かんじん》（報告）します。いわばゴーストライター、ゴーストドクターのような知識人から寄せられたこの勘申をもとに、その後、役人たちが元号の吉凶や論拠について侃々諤々《かんかんがくがく》の難陳《なんちん》（激論）を交わします。そして、最終的にはそれらの議論をふまえ、天皇が新たな元号を決定するという手順がとられてきました（現在では閣議決定によって新元号を最終決定した後、天皇に事後報告する形に制度が変わっています）。その意味でも、元号とは一個人からではなく、いわば「天の意思」「天の声」によって定められるものと捉えられるべきでしょう。日本の元号は「大化《たいか》」に始まり、「令和」で二四八番目となります。中国大陸では古くから三才（天地人）という考え方があり、人間を取り巻く「天」と「地」のあり方を願ったり、予測したり、恐れたりするなかで、元号が作られてきました。平成はその一つでしょう。

たとえば、昔の人びとは大きな天変地異が起きたとき、「人間の不徳によって天や地が変動を起こした」と考えました。災害の終息と復興を願う人びとの祈りによって、どこかで不思議な亀が現れたとします。するとこの亀を瑞祥《ずいしょう》（吉兆）と喜び、「霊亀《れいき》」「神亀《じんき》」といった元号をつけたことがありました。同じく、珍しい雲が出た時には「慶雲《けいうん》」、金山からたくさんの黄金が見つかった際には「勝宝《しょうほう》」という具合に、めでたい瑞祥にちなんだ元号は数多くあります。

天皇一人につき一つの元号を使う一世一元制が採用されたのは、明治天皇以降です。それまで日本では、一人の天皇の在世中にしばしば元号が替わることが珍しくありませんでした。たとえば明和《めいわ》九（一七七二）年に江戸の大火事が起こると、

「明和九年《めいわくねん》は迷惑年《めいわくねん》だ」という駄洒落が巷で流行ります。こうした悪い流言を払拭し、災害を避ける祈念をしようと、新たに「安永《あんえい》」という元号が定められました。

明治・大正・昭和――戦争と災害の時代

一八六七年に大政奉還が起き、天皇家は約二六〇年続いた徳川幕府から統治権を取り戻しました。そして一八六八年、新しい国家体制を作る願いを込めて「明治」に元号が替わります。これは「明らかに治める」と読むことができます。元号の最終候補は三案あったのですが、最終的に天皇がクジを引き、「明治」に決まったとされています。これはいい加減に決めたという意味ではなく、クジもまた天の意思の顕《あらわ》れであって、厳粛《げんしゅく》な天命に従った結果と言えるでしょう。

明治時代には、軍国主義化の歪みがあちこちで生じました。日本はこのころ日清戦争（一八九四～九五年）、日露戦争（一九〇四～〇五年）を起こしています。いずれも朝鮮半島と満州の権益をめぐり、清国、ロシアと争ったものでした。これらの戦争に勝利すると、日本は東アジア大陸の一角に進出し、次々にその版図《はんと》を広げてゆきます。一九一〇（明治四十三）年には韓国併合によって朝鮮半島を植民地化しました。

その後、一九一二年に発表された「大正」という元号は「大いに正しい」と読めます。維新後の混乱や戦争が相次ぐ「明治」に人びとは懲りていました。だからこそ、統治者に対する戒めのスローガンとして、「大正」という倫理行動に関する抽象的な元号が採用されたとも言えるのではないでしょうか。自由や民主主義を標榜した「大正デモクラシー」は「アンチ明治」そのものです。「大正」を考案した文化人は、当時の世相に対して、よほど胸の痛い思いをしていたのだと思います。

ところがその「大正」は、わずか一五年で終わりを迎えます。しかも一九一四（大正三）年には第一次世界大戦が起こり、日本も参戦。一九二三（大正十二）年には関東大震災までも起こってしまいます。関東大震災の混乱のさなかに、在日朝鮮人を殺害したり迫害したりする恐ろしい事件も起こりました。戦争と大災害で大勢の人びとが亡くなり、「大いに正しい」世の中を作るという夢は儚《はかな》く破れてしまったのです。

　こうした世の中を改めて「昭《あき》らかな和《わ》」の国を作ろうとゴーストドクターたちが願い、一九二六年に誕生したのが「昭和」という元号です。ところがその願いも空しく、日本は一九三一年（昭和六）年に中国で満州事変を起こし、翌一九三二（昭和七）年には愛新覚羅溥儀《あいしんかくらふぎ》を傀儡《かいらい》元首とする満州国を建国しました。国際的にまったく認められない傀儡政権を強引に樹立し、中国を植民地化していったのです。「昭らかな和」とはまったく対極的でついに日本は太平洋戦争へ突入し、一九四五（昭和二十）年に敗戦を迎えました。

　一九八九年初頭に昭和天皇が崩御すると、「平成」という新元号が生まれます。この元号は中国の古典『書経』にある「地平天成」（地平らかに天成る）、『史記』（五帝本紀）にある「内平外成」（内平らかに外成る）から考案されました。地が平定されて穏やかであれば、われわれ人間が仰ぐべき天の審判者たちはそう悪い判断は下さないであろう――。そんな願いを込めてつけられた「平成」が三十年と四ヵ月で終わり、今日を迎えました。

これまで申し上げたように、昭和以前の元号は天変地異に伴って替わったり、瑞祥を命名したり、過去への反省に立ってつけられています。

いみじくも「平成」の三十年四ヵ月、日本は一度も戦争をしませんでした。しかし災害に見舞われ、平成の世に懸命に守ってきた平和とは、まさに「令なる和」であり、わたしはこれこそを「うるわしき平和」と呼びたいのです。「明治」のような統治者のスローガンでもなく、現在の政治を改めて主権在民の世の中を作ろうという「大正」でもない。戦乱の世を治めて昭らかな和を作ろうという「昭和」でもない。今ある平和な世の中を、より美しいものとして築き上げていこうという「和」への働きかけが「令和」でしょう。さらに言えば、「令和」は平和を希求する民衆の叫びとも言えるのではないでしょうか。

「令」の原義は「善」

「令和」が発表された直後、一部の学者や評論家から「令は命令を意味する」という後ろ向きの評価がなされました。なかには、あきらかに誤った認識のもとで批判した論者もいました。

そこで改めて中国の古典や辞書を調べてみると、「令」には大まかに分けて三種類の定義が示されています。

第一に、『詩経』『書経』『礼記』などの注釈書には「令は善なり」という定義があります。これが「令」の原義でしょう。そのうえで第二に、「令は律なり」と説明するものもあります。律令制度の「律」は刑法、「令」は六法全書で言うところの民法その他です。第三に、「令は使なり」と「使役」を示す説明もあります。この三つに共通する要素は、どれも「善＝良いもの」「素晴らしいもの」ということです。

中国では古くから「善」に最高の価値を置いています。また「律」や「使役」にも、良い事柄を人びとに勧め、規律と定めるという意味があります。

そもそも言葉には、根本に原義があります。それが使い方によって意味も千変万化する。いわば状況や文脈、コンテキスト（文脈）として言葉は存在しているのです。それを無視して「令」がこの三つのどれを意味するのかなどと議論するのは、部分的な状況を論じることに過ぎず、言葉というものを理解しない議論と言わざるを得ません。なかでも「令は命令に通じるからけしからん」と一部の字義に固執する人は、あまりに浅薄で、そうした人はとても知識人とは言えません。

繰り返しますが「命令」は「立派である」ことを勧めているのです。律《おきて》も訓練の基本になる良質と言えば良いでしょうか。「令嬢」「令息」「令閨」「令門」「令室」「令夫人」など、立派な家族、とりわけ麗しい女性を讃える言葉として「令」は使われてきました。

また「令」の部首は「人《ひとがしら》」です。「人」の下にある字画「卩」には二種類の解釈があります。第一は竹簡（竹の紙）に書かれた「印」の象形文字という解釈です。第二は、「瑞玉」を示す象形文字という解釈です。印（ハンコ）や署名が入った竹簡は自分の印ですし、それぞれの魂を記録する個別性であります。

さらに「らりるれろ」の「ら行」の単語には、美しいものが多い点にも注目するべきではないでしょうか。「玲瓏玉の如し」とは宝石のように美しいものや人を比喩する言葉ですし、「令」という文字の発音は美しさとうるわしさを直感的、感覚的に感知させます。

日本人は昔から「美しい」というほかに「うるわしい」という美の概念をもってきました。「美しい」は「慈《いつく》しむ」と同じ概念です。では「うるわしい」とはどういう使い方をするのでしょう。『万葉集』には〈恋ひ恋ひて　逢へる時だに　愛《うるは》しき　言尽《ことつく》してよ　長くと思はば〉（巻第四・六六一）という歌があります。「だいたい恋とは瞬間で消えてしまうものだ。しかしあなたはその恋を長続きさせたいだろう。絶望する必要はない。うるわしい言葉を使っていれば、あなたの恋は長続きするのだ」と恋愛の達人が指南しているのです。喧嘩になってしまうような、破綻のない言葉の勧めです。

令しき平和な世界の始まり

これまで二四八種類作られてきた元号の中で、「和」という文字は「令和」を含めて合計二〇回使われてきました。この二〇回のうち、一文字目に「和」がついた例は「和銅《わどう》」の一回だけです。「令和」を含めて残り十九の元号は、「和」が二文字目に配置されました。この十九種類をさらに分析してみますと、「和」の頭につく一文字が動詞のケースと、形容辞（形容詞、形容動詞）のケースとに分かれます。

たとえば「承和《じょうわ》」は「和を受け継いだ」、「応和《おうわ》」は「和に応《こた》える」「和に応《おう》ずる」、「養和《ようわ》」は「和を養《やしな》う」、「享和《きょうわ》」は「和を享受《きょうじゅ》する」といったように、一文字目が動詞として機能するものです。

一文字目が形容辞として機能する例を「令和」以外に調べてみると、「安和《あんな》」「寛和《かんな》」「康和《こうわ》」「貞和《じょうわ》」「明和」「昭和」などがあります。日本人はこれまで「和」の中身を形容するさまざまな表現を使って元号に慣れ親しんできました。「うるわしく争いのない国」を願い、「令和」を元号とするのも自然な流れです。

ちなみに「武」を名乗ったのは、不幸な南北朝時代に唯一「建武《けんむ》」のみ。天皇の贈《おく》り名でも蝦夷《えみし》を退けた桓武天皇以後にはありません。

なお江戸時代の終わりに「令和」の「令」を使った「令徳《れいとく》」という元号が最終案

に残ったのですが、「朝廷が徳川幕府に命令するという意味に取れる」と後に徳川家最後の将軍となる一橋慶喜《ひとつばしよしのぶ》が難癖をつけました。そこで幕府は「令徳」を却下し、結局「元治《げんじ》」という元号を採用します。元号の一文字目には形容辞が当てられることが多く、しかも「令」は「うるわしい」という意味なのですから、「徳川幕府に命令する」という意味であろうはずがありません。

振り返れば徳川幕府の初代将軍・家康は豊臣秀吉の子・秀頼が作った鐘の銘「国家安康」に言いがかりをつけて戦争を引き起こしました。徳川幕府とは些細な曲解に基づく言いがかりをつけた人間によって始まり、同じく言いがかりをつけた人間によって終わったのです。まさに武家の思想のレベルを端的に表しているようです。

外務省は「令和」を諸外国に英語で説明する際、「Beautiful Harmony」（美しい調和）という表現を使う方針を決めました。わたしは合わせて「Beautiful Japan」（美しい日本）と説明を加えるのもよいと思っています。「令和」は日本のうるわしさ、美しさをさながらに示している言葉と言っても過言ではありません。日本列島は北から南まで春夏秋冬の風景が美しく、春が来るとたくさんの花が咲き薫ります。非常に和やかな四季をもつ日本の風景に、「令和」の二字はぴったりと合っていると思うのです。

ここで日本では、自然が一つの哲学とさえ考えられていることも忘れるべきではありません。中世の僧・道元は万物が梅花の力によって起こるとさえ言います。

このほど史上初めて日本の元号に国書が採用されたことで、図らずも『万葉集』が今大変な注目を集めています。『古今和歌集』や『新古今和歌集』とは異なり、『万葉集』には知識階層だけでなく、防人《さきもり》、無名の庶民や農民の歌が数多く収録されています。わたしたちの身近なところで慎ましく暮らしていた人びとの歌が改めて脚光を浴びているのは、実に素晴らしいことではないでしょうか。

先日たまたまテレビを見ていたところ「万葉集を勉強してきた」とうれしそうに話す小さな男の子がいてびっくりしました。古典とは子供から高齢者まで、老若男女誰もが親しめる人類の貴重な財産です。

歴史を顧みれば、戦国時代や幕末など、乱世にこそ『万葉集』が支持され、流行した歴史があります。「平成」の終盤に東日本大震災や度重なる風水害に襲われた日本でこうして『万葉集』が脚光を浴びているのも、時代の必然と言えましょう。

庶民全体から愛される文化遺産である元号の伝統は、世界広しと言えど現存しているのは日本だけです。「令和」の始まりに立つわたしたちは、今こそ新しい決意で、「令しき平和」な世界を築いていこうではありませんか。

初出

第一章 『万葉集』と令和　「短歌研究」二〇一九年七月号（『万葉集とその未来』改題）
第二章 令月和風の力　書き下ろし
第三章 天皇と和歌　『うたう天皇』（白水社刊）より（「国づくりと『万葉集』」「和歌と天皇」「現代に生きる万葉の心」を訂正加筆）
第四章 万葉力　「歴史街道」二〇一九年七月号（『万葉集』の影響力）、「潮」二〇一九年六月号（『令和』と万葉集）

中西進（なかにし・すすむ）

国文学者。高志の国文学館館長。アジア文化と『万葉集』の比較研究で知られ、二〇〇四年文化功労者、二〇一三年文化勲章受章。他に日本学士院賞、菊池寛賞、大佛次郎賞、読売文学賞、和辻哲郎文化賞、瑞宝重光章など。一九九四年歌会始召人。国際日本文化研究センター教授、大阪女子大学学長、京都市立芸術大学学長、日本学術会議会員、日本比較文学会会長、東アジア比較文化国際会議会長、全国大学国語国文学会長などを歴任。プリンストン大学客員教授、トロント大学客員教授、インド・ナーランダ大学の賢人会議・理事会メンバーも務めた。現在は社団法人日本学基金理事長、京都市名誉市民。著書に『中西進万葉論集』（全八巻）『中西進著作集』（全三十六巻）『心のふるさと講話集』（CD全八巻）ほか。

令《れい》和《わ》の力《ちから》、万《まん》葉《よう》集《しゅう》の力《ちから》

令和元年十一月一日　印刷発行

著者　中西《なかにし》進《すすむ》
発行者　國兼秀二
発行所　短歌研究社
〒一一二-八六五二
東京都文京区音羽一-一七-一四　音羽ＹＫビル
電話　〇三-三九四四-四八二二・四八三三
振替　〇〇一九〇-九-二四三七五

印刷・製本　大日本印刷株式会社

ISBN 978-4-86272-632-2 C0095